P9-CBG-941

PEQUEÑA

GRANTRAVESÍA

Holly Goldberg Sloan

PEQUEÑA

Traducción de
Mercedes Guhl

GRANTRAVESÍA

Pequeña

Título original: *Short*

© 2017, Holly Goldberg Sloan

Traducción: Mercedes Guhl

Diseño e ilustraciones de portada y solapas: © 2017, Theresa Evangelista
Ilustración de contraportada: Shutterstock

D.R. © 2018, Editorial Océano, S.L.
Milanesat 21-23, Edificio Océano
08017 Barcelona, España
www.oceano.com

D.R. © 2018, Editorial Océano de México, S.A. de C.V.
Homero 1500 - 402, Col. Polanco
Miguel Hidalgo, 11560, Ciudad de México
www.oceano.mx
www.grantravesia.com

Primera edición: 2018

ISBN: 978-607-527-622-9

IMPRESO EN MÉXICO / *PRINTED IN MEXICO*

Para Harold Arlen, E. Y. Harburg y L. Frank Baum
Y para todos los que formaron parte del grupo
Carnival Theatre de la Universidad de Oregon.

UNO

Paso un montón de tiempo mirando hacia arriba. Mis padres no son bajitos. Mi madre incluso podría considerarse alta. Pero mi abuela Guantecitos (así le decimos, de verdad) es muy pequeña. No me va bien en ciencias, pero sé que a veces los genes de una generación se entrometen y alteran a otra más adelante. Debe ser para ayudarnos a sentir cercanía con los viejos de la familia.

Una noche, cuando estaba en tercero de primaria, sentí que la garganta me ardía. Bajé las escaleras para pedir una aspirina, o al menos agua con sal para hacer gárgaras. Y pensé que si llegaba a encontrar una galleta de crema de cacahuate que hubiera sobrado del postre también me serviría. Mis papás estaban en la sala y oí que mi padre decía: "Pues tenemos suerte de que Julia sea niña. ¿Qué tal que fuera niño, con lo bajita que es?".

Quedé paralizada. Estaban hablando de mí.

Confié en que mi mamá diría: "¡Por favor, Glen, no es para tanto!", pero no lo hizo. En lugar de eso, respondió: "¡Cierto! Pues será culpa de mi mamá. Guantecitos se lo provocó", y ambos soltaron la carcajada.

Yo era víctima de algo.

Como si fuera un crimen.

Era culpa de alguien.

Sé que me adoran con locura, pero soy bajita y ellos no. Hasta ese momento, jamás me había dado cuenta de que mi tamaño fuera un problema para ellos. Sus palabras me pesaban en los hombros, aunque no tenía encima más que la pijama, ni siquiera mi bata de baño. Era como tener arena entre los zapatos mojados, o un nudo en el pelo que no puede deshacerse porque un trozo de goma de mascar lo mantiene empegotado. Además, parte de lo que habían dicho era sexista, y eso no está nada bien.

Volví a mi cuarto sin pedir siquiera algo para el dolor. Me metí entre las cobijas junto a mi perro, Ramón, que estaba dormido con la cabeza en mi almohada. Cuando lo acabábamos de adoptar, no le permitíamos subirse a las camas. Pero las reglas no funcionan igual con los perros y con las personas. Le dije en secreto al oído: "Jamás volveré a decir que nadie es bajito ni que nada es pequeño".

No sabía lo difícil que sería cumplir mi propósito. Esas palabras se cuelan por todas partes.

El hecho es que en la escuela siempre me sitúan en primera fila para las fotos de grupo. Y ninguno de mis compañeros, ni siquiera mis mejores amigas, me escogen para su equipo si se va a jugar un partido de basquetbol. Mis tiros son buenos, pero resulta demasiado fácil bloquearlos.

Además, cuando salimos de viaje en la camioneta, yo voy en la tercera fila, en ese asientito que está al fondo. Para mí es más fácil acurrucarme junto a las maletas, y no me incomoda ir mirando hacia atrás.

También, necesito un banquito para alcanzar los vasos en la cocina, y sigo teniendo el tamaño perfecto para entrar a la casa por la puertecita para perros cuando se nos quedan las llaves adentro, cosa que sucede más a menudo de lo que uno pensaría.

La abuela Guantecitos dice que soy el terrier de la familia. Agrega que los perros de raza terrier no son grandes, pero aguantan mucho. No sé si eso será bueno o malo, porque el único terrier que he visto se llamaba Remolino, y solía morder a la gente.

Hasta hace siete semanas tuvimos a Ramón.

No era un perro terrier.

Tenía manchas blancas y negras, y era criollo. Otra manera de describirlo sería diciendo que era un perro de la calle. Pero no me gusta esa frase porque "tiene connotaciones despectivas", lo cual quiere decir que atraen ideas negativas. Muchos creían que Ramón era en parte pitbull por la cabezota que tenía, con forma similar a la de esos perros. Pero no quiero ponerle ninguna etiqueta a mi perro.

Habíamos adoptado a Ramón a través de un grupo de rescate de animales que se reunía los domingos en el estacionamiento, cerca del mercado de los granjeros. Era prácticamente el mejor perro del mundo. Nos acompañó durante más de cinco años, y luego, hace apenas mes y medio, se trepó al sillón de mi papá (aunque no sé por qué lo llamamos así, porque todos nos sentamos en él, incluido el perro cuando nadie lo ve). Como fuera, Ramón se subió al sillón, que era el único lugar en el que tenía prohibido echarse. Podía hacerlo en el sofá, porque habíamos puesto una cobija allí, que podía lavarse. Pero el sillón de papá estaba forrado en piel.

Entré y le dije: "Abajo, Ramón".

Reconocía palabras como "premio" y "sentado", y "vamos", y "ardilla", y "abajo", pero ese día hizo como si jamás en su vida hubiera oído ningún sonido. Siguió con la mirada al frente, y de repente todo su cuerpo pareció derrumbarse. Como si le hubieran dado un choque eléctrico.

Luego nos enteramos de que tenía problemas del corazón, que lo que le sucedió en el sillón fue debido a eso.

Ramón murió esa noche en la veterinaria, envuelto en mi edredón verde preferido.

En realidad, no sabemos qué edad tenía porque era adoptado. Lo que sí sabemos es que lo quisimos con todas nuestras fuerzas.

Algo que todavía me pasa es que busco a Ramón todo el tiempo. Entro a la sala y espero verlo en el sofá. O tal vez en la cocina, donde lo que más le gustaba era echarse en el tapetito azul que hay junto al refrigerador. Su especialidad era encontrar la manera de meterse bajo los pies de todos, pero en realidad encontraba los lugares más adecuados.

A mi abuela Guantecitos le encantan los obituarios, que son nada más y nada menos que las noticias de los muertos. Cuando viene a visitarnos, me los lee en voz alta. Me encantaría que tuvieran una sección de mascotas, donde habría historias como:

GATO DE LA LOCALIDAD MUERE EN CHOQUE AUTOMOVILÍSTICO

O:

ESTA PERRITA FUE LA BELLEZA DE SU ÉPOCA

O tal vez:

HAMSTER PIONERO DE TEORÍA SOBRE EL EJERCICIO

O quizá:

RECONOCIDO PEZ DORADO MUERE
EN CIRCUNSTANCIAS EXTRAÑAS

La abuela me leyó ese titular cuando yo era más niña y nunca lo he podido olvidar. Sólo que no hablaba de un pez dorado sino de un cabecilla militar en algún lugar de Sudamérica. No recuerdo su nombre porque no soy muy buena para recordar datos históricos.

Una de las cosas que he descubierto es que la vida no es más que una gran lucha en busca de aplausos.

Incluso tras morir, las personas esperan que alguien escriba una lista de sus logros.

A las mascotas también les gustan los aplausos y los elogios.

Bueno, puede ser que a los gatos no tanto, pero sé que siempre que le decía a Ramón "¡Bien hecho!", se llenaba de felicidad.

El obituario de Ramón hubiera podido titularse así:

EL MEJOR PERRO DEL MUNDO DEJA
CORAZONES ROTOS Y UN VACÍO EN LA FAMILIA

Desde la noche del ataque al corazón en el sillón de cuero, he estado tratando de superar la pérdida de Ramón. Mis papás me dicen: "El tiempo todo lo cura". Pero en realidad eso no es cierto, porque hay muchísimas cosas que el tiempo no puede curar. Un ejemplo sería si uno se parte la columna en dos. No habrá manera de que, con el tiempo, pueda volver a caminar.

Así que creo que lo que quieren decir es que un día el vacío no va a ser tan grande y doloroso.

Una mejor forma de decirlo sería "el tiempo se las arregla para que las tristezas duelan menos".

Así quedaría más preciso el dicho, pero corregir ese tipo de cosas no me corresponde.

Salí de vacaciones hace diez días, después de terminar el año escolar. No sé por qué el año escolar y el año normal no comienzan al mismo tiempo. Eso de que el nuevo año empiece el 1 de enero me parece un error. Si dependiera de mí, cosa que no sucede, haría que el año empezara el 15 de junio, y permitiría que ese día los niños salieran dos meses de vacaciones, para celebrar la llegada del nuevo año.

Ahora que terminaron las clases, espero poder sacudirme de encima la tristeza de la muerte de Ramón, porque puede ser que me tenga atada al pasado.

Pero no voy a olvidar a Ramón.

Jamás de los jamases.

Pedí el collar de Ramón, y a mis papás no les gustó mucho mi idea de ponerlo alrededor de la base de la lámpara, junto a mi cama. Si uno lo mira con atención, podrá encontrar pelos suyos aún prendidos a la parte interior del collar. Además, huele a mi perro.

No es un olor exquisito, pero es de él, y eso es lo que importa. Trato de que la plaquita metálica con su nombre siempre quede frente a mi almohada, de manera que lo primero que veo al despertarme es "RAMÓN". Me parece importante comenzar mis días recordándolo.

Estoy convencida de que Ramón siempre empezaba su día pensando en su plato de comida. Le encantaba comer.

Yo era la encargada de alimentarlo.

No digo que por eso yo fuera su preferida, pero probablemente sí ayudaba a que lo fuera.

Además del collar también tengo una pequeña figura de madera que me hizo el tío Jake. Es idéntica a Ramón.

El tío Jake era un vendedor de seguros común y corriente de Arizona, donde vivía con la tía Megan. Un día tuvieron un accidente automovilístico. El tío Jake se lastimó la espalda y tuvo que pasar mucho tiempo en cama, sin levantarse. A la tía Megan le preocupaba que se volviera loco porque era una persona que no podía estarse quieta. Así que fue a una tienda de artículos para hobbies y pasatiempos y le compró un juego de herramientas para tallar figuras de madera.

Lo primero que hizo fue una cosa llamada "El viejo capitán". Con el juego de talla venía un bloque de madera del tamaño de una mano, que ya trae la forma adecuada para esa figura. Y uno puede tomar la herramienta y tallar, porque viene con indicaciones en un papel de dónde colocar la navajita. No es trampa. Así se aprende.

El tío Jake pasó del viejo capitán a todo tipo de cosas que supongo eran más complicadas, y luego se dedicó a hacer pájaros. Hay personas que lo hacen y llegan a concursar por premios. El tío Jake se convirtió en uno de esos. Ahora es un campeón tallador del mundo, especializado en aves acuáticas.

Entonces, su talento oculto es saber cómo mover y deslizar con cuidado un cuchillo afilado.

Todo esto sucedió antes de que yo naciera, y ahora el tío Jake se gana la vida haciendo esculturas en lugar de vender seguros.

Hace dos años y medio me hizo un Ramón de madera. Me encantó en ese momento, y ahora adoro esa figurita.

DOS

Mis planes para el verano, si los tuviera, serían dejar de preocuparme por mi estatura y también encontrar nuevas maneras de ser feliz, ahora que ya no tengo a Ramón.

Pero no soy muy buena para hacer planes. Casi siempre dejo que sean mis dos mejores amigas las que se encarguen de eso.

Llevo más de la mitad de mi vida de conocer a Kaylee y Piper. Nos gusta ir a jugar al boliche, cuando logramos juntar el dinero necesario. Los fines de semana, cuando estamos en temporada escolar, nos vamos las tres al centro en autobús, para sacar libros prestados de la biblioteca. Yo no llego a terminar todos los libros que pido prestados, pero Kaylee sí. Ella es un ratón de biblioteca, lo cual es una forma nada bonita de decir que le encanta leer (¿a quién le gustaría tener apariencia de ratón, de tanto leer?).

Una de las cosas que más nos gusta es comer helado, y en la farmacia venden nuestros sabores favoritos, y no cuestan caros. El verano pasado compramos una tortuga, en lugar de un cono de helado. Las tortuguitas estaban de oferta en un acuario grande, junto a las cajas.

Íbamos a repartirnos la tortuga entre las tres, o sea, pasaría diez días al mes en la casa de cada una. Pero a nuestros papás no les gustó nada la idea y tuvimos que devolver a Petula a la tienda. Y no nos dieron nuestro dinero, cosa que no fue nada justa.

Nos gusta decir que la echamos de menos, aunque no es cierto, porque sólo la tuvimos un par de horas.

Según dijo la mamá de Kaylee, que es enfermera, corrimos el riesgo de contagiarnos de salmonelosis ese día.

Este año, a Piper la enviaron al campamento de verano. Se fue hace dos días. Su mamá fue al mismo lugar cuando era niña, y se supone que es tradición hacerlo así. Piper no parecía muy entusiasmada con la idea. Le dije que le escribiría todos los días, pero no lo he hecho hasta ahora. No tienen nada de tecnología en el campamento, así que no puedo mandarle ningún otro tipo de mensaje.

Kaylee no iba a ir a ningún campamento, pero se fue con su familia a un tour por estadios de beisbol. Y no estoy inventando nada. Van en un coche por ahí, deteniéndose a mirar los estadios. Ella no es muy deportista, así que me imagino que todo eso le resulta muy extraño.

Desde que se fueron, he pasado largos ratos sin hacer nada, pero no tengo ningún problema con eso. No es que me la pase triste y llorando, dando vueltas por la casa. Sigo buscando a Ramón, pero eso pasa en mi interior, así que nadie se da cuenta.

Aunque tal vez sí, porque ayer mi mamá me dijo que quiere que vaya a una audición en la universidad para participar en alguna obra de teatro.

Le dije que no me interesaba hacerlo.

Me respondió que mi hermano menor, Randy, quería presentarse a la audición y que yo debería pensarlo mejor (lo cual quiere decir que me obligará a ir).

Tengo un hermano mayor, Tim, y a él lo dejan hacer lo que se le antoje durante el verano porque ya va a cumplir quince años. Sé que no me gustará participar en una obra de teatro, pero soy la encargada de cuidar a Randy porque mi mamá trabaja, y además me paga por eso. Así que creo que pretende ahorrarse el dinero al meternos a los dos a una actividad organizada.

Y luego me veo formada en una larga fila de niños, a la espera de mi turno para cantar en el escenario de un teatro oscuro en una universidad. Pongo atención a la conversación de los adultos mientras espero y esto es lo que oigo: "¡Algunos de los miembros del reparto son actores profesionales!".

—¿De verdad?

—Eso me dijo la señora de la oficina. Les van a pagar. Uno de ellos viaja desde la Costa Este.

—¿Es alguien conocido?

—Me imagino que nos enteraremos cuando lo anuncien con bombo y platillo.

—El director es de Florida, y se supone que ha trabajado en montajes en Broadway.

Me alegra que mi mamá no esté hablando con esas señoras, por estar respondiendo su correo desde el teléfono mientras hacemos la fila. Randy tiene una liga elástica en la boca. Mamá no lo sabe. Es demasiado mayor para andar mascando algo que no sea goma dulce, pero le gusta hacer cosas así, y no pienso decirle a Mamá porque a lo mejor está nervioso a la espera de cantar. Sé que yo sí lo estoy.

Espero que Randy se saque la liga de la boca cuando empiece su audición, porque podría asfixiarse si se la traga. Eso haría que Mamá se sintiera muy mal por haber sugerido el plan.

Randy tiene bonita voz y siempre está cantando. Con sólo oír una canción un par de veces en el radio, ya se le graba en la memoria, de buena manera.

Yo no tengo aptitud musical.

Hace más de dos años, mis papás les compraron un piano a unas personas que se iban a vivir a otra parte. Nos lo regalaron de Navidad a mis hermanos y a mí. Fingí que estaba muy feliz porque era un regalo enorme, pero lo odié casi desde el momento en que lo llevaron al vestíbulo de arriba, junto a mi cuarto. El piano me miraba fijamente. Era como un pájaro prisionero en una jaula. Quería que lo liberaran. Pero yo no tenía el talento.

Durante casi un año, todas las semanas, tuve que ir, tras salir de la escuela, a la casa de una señora mayor que vivía en la calle Horizonte para mi clase de piano. La tortura se prolongaba por cuarenta y cinco minutos. Aprendí las escalas, porque cualquiera puede hacerlo con apenas una clase, pero no avancé mucho más.

La señora Sookram tenía otros alumnos, y casi todos eran niños de mi edad, pero tuve la suerte de que ninguno iba a la misma escuela que yo. Nunca quise que la niña que iba a la clase después de la mía me oyera tocar. Se enteraría de lo mal que lo hacía y de que no progresaba nada.

Y parte de las razones por las cuales no progresaba era porque no ensayaba. Mis dedos no se acomodaban a las teclas. A lo mejor eran demasiado chicos, o no se deslizaban ni sabían moverse solos sobre el teclado, cosa que se suponía que debía suceder.

Era una lucha. Con mi hermano mayor, Tim, la cosa era diferente. Él toca guitarra y pide todo tipo de accesorios, desde amplificadores hasta correas para colgarse la guitarra. Ensaya y practica durante horas y horas en su cuarto, con la puerta cerrada, y se oye hasta el jardín, cosa que puede ser terrible para los vecinos porque toca la misma canción una y otra vez.

No todos los niños son iguales, y además él fue el primero, así que mis papás tenían "expectativas desmedidas" con él. Eso fue lo que una vez oí que Papá le decía a Mamá. Las púas de guitarra de Tim aparecen por todas partes de la casa. Es como si fueran excremento de algún animal extraño.

Pero sí aprendí algo en el año de clases con la señora Sookram. Descubrí la forma de establecer conversación con un adulto y descarrilarlo de sus propósitos. La clave de todo el asunto es una pregunta inicial muy profunda, seguida luego de otras menos importantes que demuestran que uno sigue atento.

Mi gran pregunta para la señora Sookram era siempre sobre la vida cuando ella era niña. ¿Dónde se había criado? ¿Cómo supo que la música le gustaba tanto? Si funcionaba, cosa que no era difícil, ella regresaba mentalmente hasta un pueblo en Idaho y seguía así hasta el final de la clase. Me contó de su niñez, cosa por cosa, semana a semana. Sé más de la historia de esa señora que de mis propios padres. Lo principal era que había crecido en una granja dedicada al cultivo de papa y que la música le fascinaba tanto que era capaz de caminar seis kilómetros para ver a una mujer tocar el arpa en la recepción de un hotel.

Creo que el arpa debe ser el instrumento menos adecuado para entusiasmarse con él, porque es difícil llevarlo de un lado a otro y uno no puede llegar a la casa de cualquiera, para encontrar una, como sí sucede con el piano. Nadie va a señalar a un rincón de su sala y decir: "¿Nos tocas una pieza?".

Una vez que descubrí que la señora Sookram prefería hablar de música que oírme tocar desafinadamente, tuve las clases bajo control.

Hasta que un día me dijo: "Julia, voy a llamar a tu mamá esta tarde. No me parece bien seguir aceptando el dinero que me paga".

No supe qué decir, pero me las arreglé para responder: "A ella no le importa".

La señora Sookram me miró con tristeza. "No creo que el piano sea el instrumento para ti", dijo.

Asentí de una manera que podía significar tanto "sí" como "no". Y luego la oí decir: "Voy a extrañarte, Julia".

La señora Sookram me tomó de la mano. La mía estaba mucho más fría que la suya. En ese momento me di cuenta de que ella decía la verdad porque se le aguaron los ojos y le goteó algo de la nariz, y tuve la seguridad de que estaba llorando. Si no, lo que tenía era un acceso de alergia.

Tuve que responder que yo también la iba a extrañar. Quise decirlo, pero era una mentira demasiado grande. Así que la rodeé por la cintura con mis brazos y le di un buen estrujón. Era una señora gorda, así que había mucho de donde agarrar.

A los pocos minutos, me sentía más ligera que el aire al salir de su casa. Era el tipo de sensación que quizás uno debe sentir cuando al fin sale de la cárcel o le retiran un yeso que le cubrió la mayor parte del cuerpo. No me di cuenta sino hasta que estuve en la calle de lo mucho que detestaba el piano, y de lo mucho que había aprendido sobre el cultivo de papa.

Creo que desde ese día casi no volví a pensar en la música, y ahora estoy aquí, a punto de cantar "Más allá del arcoíris" con otro montón de muchachitos en una audición grandiosa, para actuar en *El mago de Oz*, a la cual se apareció media ciudad.

No tuve mucho tiempo para decidir qué ponerme para esta sesión de tortura, así que terminé con mis sandalias de cuero y una camisa blanca que llaman "blusa campesina". Es mi camisa preferida. Tiene mangas abombadas y cuello redondo, y es de tela delgada de algodón. Yo no me atrevería a llamarla "blusa campesina" porque sería como decir "camisa de pobre", pero así se supone que se llama.

No hay campesinos en nuestra región. Hay unas cuantas granjas en las afueras de la ciudad, y me imagino que contratan a trabajadores que no se hacen ricos con su labor, pero no creo que ellos se pongan blusas bordadas para desyerbar los campos.

En todo caso, creo que tengo puestos mis mejores prendas, y eso es importante porque una de las cosas que he aprendido es que uno tiene que sentirse cómodo con lo que tiene encima cuando se enfrenta a una situación nueva y desconocida.

Lo último que uno querría tener puesto si está nervioso es algo de lana.

Mi hermanito está vestido con una camiseta de rayas y shorts cafés con un elástico en la cintura, que me parecen muy a la moda. Y además tiene una liga en la boca.

Todos tomamos nuestras pequeñas decisiones, menos en las cosas grandes, claro. Esas son decisiones que alguien más toma por nosotros, y es por eso que estoy aquí, en esta fila.

Después de toda una eternidad, llega mi turno de subir al escenario.

Casi todos los niños que pasaron antes que yo cantaron "Más allá del arcoíris". Pero vi que una niña fue a preguntarle al señor del piano si podría tocar otra canción, y el señor lo hizo sin ningún inconveniente. Era una canción triste y me costó oírla porque me hizo pensar en Ramón, así que me tapé los oídos con las manos. Tengo el pelo largo, así que parecía que me estaba sosteniendo la cabeza con las manos.

Cuando voy hacia el piano, de repente se me ocurre un plan. Le pregunto si me puede acompañar con "This Land is Your Land", una canción patriótica tradicional.

El señor me guiña un ojo. Eso me cae bien porque me hace pensar que él sabe algo que yo no sé... como por qué estoy cantando frente a doscientos perfectos desconocidos.

Empiezo a cantar y miro directamente al público, más allá de la mujer que está filmando todo en video.

Preferiría no estar aquí, pero la abuela Guantecitos dice que soy como un terrier, y que esos perros pueden ladrar muy fuerte. Así que canto con todo lo que tengo y me cuido de no apretar las manos. Vi a muchos de los que pasaron antes que yo, y parecía que estuvieran listos para pegar un buen puñetazo.

Cuando termino mi canción miro al pianista y le doy las gracias. Me guiña el ojo de nuevo. No puedo contener una risita. Y luego hago una pequeña reverencia mirando al piano. No tengo la menor idea de por qué lo hago.

Supongo que Mamá sabe que éste fue un día difícil para mí porque a la salida de la audición nos vamos derecho a la pastelería y cada uno sale con un helado de chocolate. Nos comemos el helado en el coche, camino a casa, aunque apenas falta media hora para que sea la hora de cenar. Mientras conduce, Mamá dice: "Esa reverencia estuvo muy bien, Julia. Se vio muy teatral. A la gente le gustó".

No respondo porque yo no trataba de verme teatral. ¡Ni siquiera sé bien qué quiere decir eso! Pero me da gusto que ella piense que hice algo bien.

Sé que no soy nada especial cantando. Cuando mi hermanito cantó, se podía oír su voz como miel. Algo dulce. Mi voz se hace oír, pero no es dulce porque no la sé manejar.

Randy tiene lo que mi profesora preferida en la escuela, la señora Vancil, llama "verdadero potencial".

Mi potencial como cantante no es muy grande, y nada tiene que ver con mi tamaño.

TRES

En estos cuatro días no he vuelto a pensar en la audición. Lo hecho, hecho está.

Estoy en el jardín, tendida bocarriba en la hierba y mirando al cielo mientras pienso en Ramón, y decido cerrar los ojos porque así puedo fingir que está junto a mí. A todos los perros les gusta dormir, y Ramón adoraba una buena siesta. Hasta podía quedarse dormido sentado. No planeaba dormirme, pero sucedió. Y como no me puse bloqueador solar, cuando me despierto siento que me arde la cara por el sol.

Espero que mamá no se dé cuenta, pues ponerse bloqueador es una de sus reglas fundamentales.

Cuando entro de nuevo en la casa, ella está en la cocina. Quiere tenernos a la vista, por eso, durante el verano, trabaja más desde casa. No dice nada cuando abro la puerta, pero me muestra una enorme sonrisa. Tal vez no me quemé tanto con el sol.

Y entonces mi hermano grita: "¡Julia, somos munchkins, esas personitas diminutas que viven en el país de *El mago de Oz*!", está en uno de los taburetes altos de la cocina y me doy cuenta de que me esperaba. Por unos momentos creo que quiere decir que soy bajita, cosa que yo ya sé. Pero mi mamá agrega: "Llamaron de la audición. ¡Ambos resultaron seleccionados para la obra!".

Siento una mezcla de emociones mientras los miro. Sonríen como el gato de *Alicia en el país de las maravillas*, diría la abuela Guantecitos. Quiere decir que tienen unas sonrisotas resplandecientes, eso es lo que veo en la cara de ambos. Les parece que nos anotamos un tanto.

Respondo a sus sonrisas con otra, pero la mía es forzada.

¿Qué va a pasar con mis vacaciones de verano? ¿Con mis planes de pensar en Ramón cuando quiera y con escribir cartas a Kaylee y a Piper? Hasta ahora no les he escrito ni una letra, pero empecé un dibujo y, si me sale bien, se los iba a mandar. Mis dos mejores amigas me dejaron a cargo de contarles lo que sucede por aquí. Soy como el pegamento que nos mantiene unidas. Además, soy un terrier. No puedo ser también un munchkin.

Paso horas armando mi plan y, al día siguiente, cuando tenemos el primer ensayo, finjo que me resbalo al bajar las escaleras y me tiro al piso gritando que me torcí un tobillo. Mamá ni siquiera se preocupa por mirarme la pierna (lo cierto es que me duele más el codo tras la caída). Y me muevo por la casa cojeando.

Mi plan no funciona porque Mamá ni siquiera me pone hielo. Así que dejo de hacer payasadas y me pongo mi blusa campesina y los shorts. Cuando voy a calzarme las sandalias, Mamá nos dice a ambos que tenemos que ir con zapatos deportivos.

¿Zapatos deportivos? No van bien con mi blusa campesina, pero ya no hay tiempo de escoger otra ropa. Hay más cosas detrás de lo poco que nos dicen, obvio.

Cuando llegamos con mi mamá frente al teatro, hay otros niños entrando. No conozco a ninguno y eso me causa mucho alivio.

¿Qué tal que Stephen Boyd acabara siendo un munchkin?

Era mi vecino de pupitre en el salón de la señora Vancil, y es mejor que cualquiera en matemáticas (menos Elaenee Allen). Y también es un experto con la pelota. ¡Y en ortografía! Todo este año, cuando no había nada qué hacer, me quedaba contemplando a Stephen Boyd, y no creo que yo pudiera alcanzar todo mi potencial si él estuviera en la obra con nosotros. Es una distracción para mí, con ese pelo oscuro y lleno de rizos.

El pelo de Ramón era como el de una brocha gorda. Así de grueso.

Veo que la mayoría de los otros munchkins vienen con sus papás, que han ido a estacionar los carros. Mamá debe suponer que Randy y yo podemos arreglárnoslas por nuestra cuenta, así que nos deja en la acera, frente al teatro. Además, ella tiene que irse a trabajar. No hay ningún problema por mi parte, y menos cuando una mujer con una tabla de esas que tienen un clip portapapeles les dice a los demás padres que no pueden quedarse a ver el ensayo. Vamos a tener "ensayos a puerta cerrada".

Los papás parecen tristes al enterarse.

No tengo la menor idea de por qué les puede interesar ver cómo nos convertimos en munchkins, cosa que tomará cuatro semanas completas.

La mujer de la tabla portapapeles prácticamente obliga a los papás a ir hacia la taquilla, al frente del teatro. En agosto habrá veintidós funciones, y ella está segura de que los papás querrán comprar boletos para cada una de esas presentaciones y llevar a todos sus amigos.

Yo no puedo pensar más que en esas cuatro semanas de ensayos más las tres semanas de funciones, y después se habrá terminado el verano.

¡Puf! Como por arte de magia.

Habrá pasado todo.

Estoy a punto de ponerme a llorar, pero logro contenerme y mis ojos se ven muy brillantes.

Una vez que nos deshacemos de los decepcionados padres, nos llevan a través del vestíbulo hacia la platea. Somos bastantes. Oigo a la mujer del portapapeles contándonos, y cuando llega a treinta y cinco ya no le presto más atención.

Está muy oscuro adentro, pero estoy entre los primeros y veo que tres niños ya están en el escenario, y hay una puerta abierta hacia el exterior.

Uno de los niños está apoyado en el marco de la puerta, y siento una especie de sacudida cuando me doy cuenta de que está fumando.

No lo puedo creer. ¿Quién le permite fumar a un niño?

Ya entiendo por qué les dijeron a los papás que debían irse.

No veo la hora de contarles a mis papás. A mi mamá no le gusta para nada el cigarrillo y creo que esto puede cambiar por completo los planes.

El niño fumador se da vuelta y entra de nuevo, y consigo verle la cara.

Y ahí me doy cuenta de que no es niño, ¡porque tiene barba!

Entonces, es un adulto en miniatura. Es el munchkin perfecto. Los demás no somos más que una farsa porque, al acercarnos, veo que esos tres son como deben ser los munchkins.

Son exactamente como los de la película *El mago de Oz*.

Me parece lógico que, como en la ciudad no hay suficientes adultos en miniatura para hacer de munchkins, nos buscaron a nosotros, los niños, para hacer multitud. Eso es lo que sucede.

No lo puedo evitar y los miro fijamente a los tres.

Ya sé que no es de buena educación, pero no lo puedo evitar. Además, aquí está bastante oscuro así que tal vez no nos ven bien.

Hay dos hombres y una mujer. Uno de ellos es negro, el que fuma. El otro tiene el pelo del mismo color que la mermelada de naranja que comemos en la casa. Creo que sería el actor perfecto para hacer de uno de esos duendes irlandeses codiciosos y cascarrabias, y no sólo porque tenga una camisa verde (esos duendes siempre visten de verde) sino porque tiene unos descuidados bigotes anaranjados como si hubiera dejado de afeitarse hace varios días, y tiene la punta de la nariz roja. A lo mejor está resfriado.

La mujer es un poquito más alta que los otros dos. Tiene el pelo recogido en una trenza larga y oscura, y lleva puestos grandes pendientes de plata y una gargantilla de turquesas, con pulseras a juego. A pesar de que es pleno verano, tiene puestas botas de cuero con tacón. No me parecen zapatillas deportivas, pero como es la primera vez que participo en un montaje de teatro semiprofesional, no tengo idea de qué es lo que funciona bien en escena.

Admito que me encanta cómo se ve esta mujer.

Voy a tratar de conocerla para así enterarme de dónde consiguió las botas de tacón. Tiene pies pequeños, como los míos, y supongo que debe habérselas mandado a hacer sobre medida.

Poco después las luces se encienden. Estoy junto a mi hermano, con el resto del grupo, cuando la mujer diminuta se acerca y me tiende la mano: "Me llamo Olive. Es un placer conocerte", dice.

Va con cada uno de los niños y les dice lo mismo, y rompe el hielo. Y así los dos hombres también se animan.

El que estaba fumando se llama Quincy. El que parece un duende irlandés es Larry.

Quincy no se tarda mucho en explicarnos que es un profesional de los escenarios. Ha trabajado más que nada con circos, pero también ha sido payaso de rodeo, con el encargo de distraer a los caballos encabritados. Todo lo que cuenta es interesante. También ha domado elefantes, y es capaz de montar en monociclo, y de hacer un impecable salto mortal hacia atrás.

Luego de que Quincy nos muestra unas cuantas acrobacias, Larry pierde la timidez. Sabe hablar con voces chistosas y puede imitar acentos increíbles y hacer ruidos de animal.

Cuando estamos divirtiéndonos como locos se abre la puerta trasera del teatro y entra un hombre. Lleva un enorme cuaderno en la mano. No se mueve de prisa, pero tampoco con lentitud. Camina como si fuera el que manda.

Oímos que nos dicen: "Siéntense, por favor".

La mujer del portapapeles sale de inmediato de la parte de atrás del escenario y dice: "Shawn Barr ha llegado".

Eso ya lo sabemos, nada más nos faltaba que nos dijera su nombre.

Shawn Barr lleva puesto eso que llaman un "overol", o sea un traje entero en el que la parte de arriba está conectada con la de abajo, como los que usan los mecánicos en un taller. Pero el overol de Shawn Barr no es azul marino ni le queda holgado. Tiene el color anaranjado suave de un melón por dentro y tiene un cinturón falso que se cierra al frente con una hebilla dorada.

Shawn Barr no está disfrazado. Ésa es su ropa normal. Y lo sé porque en el bolsillo trasero alcanzo a ver su billetera, y allí la tela se ve desgastada, lo cual quiere decir que ese overol lo usa mucho. Trato de imaginarme a mi papá con la pinta anaranjada de Shawn Barr y me parece una locura. Pero, por alguna razón, Shawn Barr no se ve raro con esa facha, porque parece sentirse muy cómodo con lo que tiene puesto.

Shawn Barr no es alto. Yo diría que es bajito, pero no en voz alta porque hace tiempo decidí que no iba a usar esa palabra. No podría hacer el papel de un munchkin, pero no nos supera por mucha altura hasta que abre la boca.

Algunos niños siguen susurrando, como abejas. Yo estoy muy callada. Shawn Barr choca sus palmas unas cuantas veces y luego dice: "Artistas, cuando hablo necesito que se haga absoluto silencio".

Los zumbidos se acaban.

—Me llamo Shawn Barr. Muchos de ustedes habrán oído hablar de mí.

Miro a mi alrededor moviendo sólo los ojos (pero no la cabeza) para ver las reacciones de los demás niños. No noto ninguna señal de que hayan oído hablar de él.

—He dirigido espectáculos en Broadway. También he trabajado en el West End de Londres.

Vuelvo a mirar a mi alrededor y veo que Olive, Larry y Quincy asienten.

A pesar de que acabo de conocerlos, me agradan mucho, así que hago lo mismo que ellos.

Y como lo hago, Randy también asiente. Tener un hermano menor es un poco como tener un empleado, que entiende que su labor es apoyarme siempre.

Trato de calcular qué edad tiene Shawn Barr y es imposible. Tiene canas, pero su pelo es abundante. Se mueve con ademanes que no son los de un anciano. Tiene toda clase de arrugas en la cara, pero no lleva bastón ni ninguna ayuda para caminar. Por supuesto que es mayor que mis papás, que son viejos, porque tienen cuarenta y dos, y cuarenta y cuatro.

Puede ser que sea súper, súper, superviejo.

¿Tendrá cincuenta y cinco?

No tengo idea.

Las personas más viejas que conozco, como la abuela Guantecitos que cumplirá sesenta y nueve el 4 de julio, forman parte de mi familia, y por eso sé su edad. Decido averiguar más adelante cuántos años tendrá Shawn Barr, porque quizá sea bueno saber más de él ya que es famoso, cosa que nos está dejando muy clara al hablar:

—He trabajado con muchos de los grandes del teatro. Y todos, con unas pocas excepciones que yo llamaría aberraciones, tienen una cosa en común: entienden lo que significa el compromiso.

He oído la palabra "aberraciones" antes, pero no sé bien qué significa. Sé que "compromiso" significa ir a una reunión o clase o algo así, porque el año pasado llené los formularios para ser parte de las niñas exploradoras, pero más adelante mi líder exploradora le dijo a mi mamá que yo no mostraba suficiente compromiso porque había faltado a muchas de las reuniones.

Creo que me gustaba la idea de las niñas exploradoras, pero no tanto convertirme en una de ellas.

Shawn Barr sigue hablando: "Nuestro compromiso se ve en nuestra relación con la obra y con el resto del reparto. Vamos a trabajar muy muy duro. Necesito que todos den lo mejor de sí mismos. Aprenderemos a cantar y a bailar como profesionales. Vamos a formar un equipo que tenga el siguiente objetivo: ¡poner en escena un espectáculo fabuloso!".

Al oírlo, me emociono un poco.

Shawn Barr mueve los brazos al hablar. Su voz es profunda, y se oye llena de energía y de eso que yo llamaría "entusiasmo". Todo lo que dice suena audaz, y nunca he pensado mucho en esa palabra.

Pero es un hecho: este señor es audaz.

Después su voz cambia y lo oigo decir algo que me forma un nudo en el estómago.

—No pude estar en las audiciones porque llegué apenas ayer. Estaba terminando la temporada en Pigeon Forge. Estoy seguro de que todos ustedes están hechos a la medida para interpretar a un munchkin, y por eso los escogí de las grabaciones de la audición. No estoy diciendo que tengan que ganarse el papel; ¡pero sí me reservo el derecho de retirar a cualquiera que no crea que es capaz de cumplir con su parte!

De nuevo, mantengo la cabeza quieta pero muevo los ojos. La mayoría de los niños se ve como si no hubiera dicho nada especial, pero me doy cuenta de que hay algunos munchkins nerviosos.

Olive, Quincy y Larry no parecen asustados, porque ellos ya tienen asegurados sus papeles.

Afortunadamente, Shawn deja de hablar de retirarnos por no ser capaces de hacer nuestra parte. Y ahí es cuando me doy cuenta de que al menos un poco de mí, o mucho en mi interior, quiere estar aquí porque en este preciso momento la idea de no participar en la obra de teatro me parece terrible.

¡Y pensar que hace tres horas me habría tirado al suelo para ver si me torcía un tobillo!

Pero lo hice antes de conocer a Shawn Barr y de enterarme de que Olive, Quincy y Larry existían en este mundo.

Shawn ha estado hablando y yo dejé de prestar atención. Creo que estaba recitando unas líneas de Shakespeare que no entendí. Ya terminó y ahora se aclara la garganta y levanta las manos en el aire antes de decir:

—¡Artistas, necesito que saquen su luz más resplandeciente! ¡Todos van a brillar! ¡Todos ustedes son mis estrellas!

Miro a mi alrededor y veo a Olive que parece llorar.

A lo mejor le gusta mucho Shakespeare. Sé que era un escritor de obras de teatro que murió hace siglos, pero que todavía es capaz de conmover a la gente. Al menos a la gente que entiende sus palabras.

Y luego veo que Olive sonríe tras sus lágrimas. A lo mejor llora de la felicidad. Quincy le pasa un brazo por los hombros y después Larry la toma de la mano. Supongo que son viejos amigos.

Al fondo del escenario, recostado contra la pared trasera, hay un espejo. Miro en esa dirección y alcanzo a verme. Mi hermanito está a mi lado y me doy cuenta de que, de alguna forma y sin que me diera cuenta, ha crecido más que yo. Incluso sentados, su cabeza llega más arriba que la mía.

Me parece terrible.

No tenía inconveniente en que tuviéramos el mismo tamaño, pero ahora me pasó y nadie en mi familia ha dicho nada.

Parpadeo varias veces seguidas para evitar llorar aquí, cosa que sería de lo peor.

Me concentro en Shawn Barr, que se inclina. Es como si estuviera en un barco mientras el viento sopla con fuerza. Parece que fuera a caer hacia adelante. Baja la voz como si fuera a decirnos un secreto, pero en lugar de eso dice: "¿Tenemos alguna pregunta?".

Yo tengo un millón que quisiera hacer, pero no voy a preguntar nada, así que me sorprende cuando un niño de la fila de adelante levanta la mano. Tiene pelo rubio y crespo, y zapatos negros con suelas metálicas, que puedo ver porque está sentado con las piernas cruzadas. Dice: "¿Dónde queda Pigeon Forge?".

No creo que Shawn Barr estuviera esperando una pregunta como ésa. Arruga la frente y la nariz como si hubiera olido algo apestoso. Mira al niño rubio y dice:

—Pigeon Forge es un centro turístico en Tennessee. Hay un excelente teatro allí.

Olive, Quincy y Larry asienten en silencio, y yo hago lo mismo.

Veo que todos los munchkins hacen lo mismo como si hubieran estado en Tennessee o en centros turísticos con buen teatro.

Y en ese momento decido que este será el verano en que los pequeños tengamos la palabra. Y poco después estamos siguiendo las manos de Shawn Barr que se mueven y aletean, y cantamos "Por el camino amarillo".

CUATRO

Mi papá es el que toma casi todas las fotos en mi familia, y con ellas hace álbumes de fotos y recortes.

Eso quiere decir que es él quien decide qué es lo que vale la pena recordar. Tenemos siete cuadernos azules, grandes y con espiral, que se guardan en el armario encima de las toallas, en el pasillo. Una de las cosas que más me gustan es sacar los álbumes y mirar nuestra vida. Lo hago incluso cuando no llueve.

Me imagino que mi mamá podría hacer un álbum, pero no lo hace. Y también podría hacerlo yo, o mis hermanos, pero necesitaríamos más fotos. Además, somos niños y no tenemos tiempo para eso.

Sé que nuestros álbumes serían diferentes de los que hace Papá.

Pero la persona que hace el trabajo es la que puede escribir la historia.

Ojalá le hubiera preguntado a la señora Vancil sobre esa idea. Justo antes del final de las clases, estábamos estudiando la independencia de los Estados Unidos, y yo no podía dejar de pensar en las partes que nadie contó. Me pregunto qué pensaban los niños de esa época de los hombres que peleaban con cañones y mosquetes.

"Mosquete" podría ser un buen nombre para un perro. Ya nadie usa mosquetes, así que el nombre indicaría que uno sabe de armas de otros tiempos. Aunque quizá sería necesario explicar todo el tiempo que el perro nada tiene que ver con un mosco.

Al pensar en eso, me doy cuenta de que sólo me entero de una parte de todas las historias. Me sé de memoria los álbumes familiares y sé cuáles son las mejores páginas y cuáles me puedo saltar. Papá pega nuestras boletas de calificaciones en los álbumes y también las tarjetas de navidad o de cumpleaños que recibimos, si tienen fotos. Preferiría que dejara fuera esas dos categorías de cosas, porque no conozco a muchos de los que salen en las tarjetas, y tampoco creo que necesitemos mis calificaciones pegadas en una página donde cualquiera las puede ver.

No me va mal en la escuela, pero no me molestaría evitar que me recuerden a través de las observaciones de que podría esforzarme un poco más en lugar de quedarme mirando por la ventana. Lo que la profesora de lengua nunca supo es que había un colibrí haciendo su nido (del tamaño de un durazno) y que yo alcanzaba a verlo en la rama de un árbol. Seguí todo el proceso y no podía contarle a nadie porque los otros niños podían querer ir a ver también. Y si alguien como Noah Hough se enteraba del nido que estaba haciendo el colibrí, estoy segura de que el pajarito, junto con todo su trabajo, acabarían destrozados en el suelo en menos de un par de minutos.

Al estar mirando por la ventana todo el tiempo, lo que hacía era proteger la fauna.

Pero supongo que eso no importa cuando uno comete errores de ortografía en un par de palabras cada semana.

Además de las calificaciones, Papá también pega recortes de noticias de periódico en los álbumes. Eso sólo sucedió una vez, pero todos esperamos que vuelva a pasar porque salir en las noticias quiere decir que uno hizo algo digno de que lo sepa todo el mundo.

Hay un desfile en nuestra ciudad en octubre, todos los años. Se llama el "desfile de mascotas". Empieza en los juzgados y termina en el parque que hay junto al río. El periódico lo patrocina, cosa que es muy buena idea porque sacan un montón de fotos y todo el mundo quiere ver si salió en alguna de las que publican, así que supongo que ese día las ventas son muy buenas.

Nosotros participamos todos los años en el desfile. A mi papá no le entusiasma mucho la idea, pero a mi mamá le fascina porque, a pesar de que trabaja vendiendo artículos de jardinería, le encanta disfrazarse. ¡Hace dos años publicaron una foto de Ramón, mis dos hermanos y yo en primera plana en el periódico! Yo aparezco disfrazada de cabra, y mi hermanito también. Lo mejor fue que disfrazamos además a Ramón. Le pusimos un par de calzoncillos de mi hermanito en la cabeza. Mi mamá los cortó para que pudiera asomar el hocico de Ramón y le cosió unos cuernos en la parte de arriba. A mi perro no le gustó disfrazarse, pero le gustaba participar en las cosas, así que me imagino que por eso se dejó. Todos teníamos cencerros en el cuello.

Mi hermano mayor estaba disfrazado de pastor. Tenía una barba blanca de un viejo traje de Santa Claus que mamá había comprado en una venta de garaje, y un bastón. Fingía tirar las cuerdas que teníamos amarradas al cuello, pero en realidad sólo necesitaba tirar de la de Ramón.

Fue mi mamá la que tuvo la idea de ese disfraz. Y resultó bien porque a nuestra foto le dedicaron el espacio más grande en el periódico. Mamá estaba muy contenta.

Últimamente, cuando saco el sexto cuaderno, me salto la página con el recorte del desfile de mascotas. En otros tiempos fue mi parte preferida de ese álbum, pero ahora es sólo un recordatorio triste de lo que nuestra familia perdió.

Ojalá todavía tuviéramos los calzoncillos con los cuernos del disfraz de Ramón, pero los estuvo mordiendo después del desfile y los rompió. Me imagino que no quería usarlos de nuevo.

Sin embargo, sí tenemos unos cuantos disfraces valiosos. Mi mamá una vez encontró un traje de payaso justamente de su talla en una tienda de caridad en la calle Once. Así que lo compró. Durante algún tiempo estuvo tratando de encontrar trabajos de payaso en los fines de semana, pero no había tomado clases ni sabía mucho. Trabaja en inventario de la sección de jardinería del Home Depot. Es muy buena para los detalles. Al menos eso espero.

Cuando Mamá no estaba en su trabajo, a veces se ponía el traje de payaso, que venía con una peluca anaranjada. Se pintaba la cara de blanco y dibujaba triángulos azules debajo de sus ojos y con lápiz labial se trazaba una boca del tamaño de una salchicha grande. Yo llegaba de casa de Piper y me la encontraba en la cocina, revisando sus hojas de inventario, pero vestida de payaso. Le gusta tomar té en las tardes y con esa bocota dejaba manchado el borde de las tazas. ¡Y el lápiz labial no se limpiaba en el lavavajillas!

Mamá puso avisos para ofrecer sus servicios como payaso y la contrataron unas cuantas veces. Repartía volantes de la tintorería de la calle Elm. Otra vez repartió globos en el autolavado, y una vez le pagaron por bailar frente al escaparate de la heladería de la avenida Coburg.

No resultó ser tan satisfactorio como ella se imaginaba. Además, decía que los zapatos le causaban dolor en los pies.

Mi mamá no es de las que se desaniman fácilmente, pero después de unos meses de intentar trabajar de payaso los fines de semana, lo dejó. Lo importante es que en los álbumes hay unas fotos muy buenas de Mamá con su disfraz.

A lo mejor fue por eso que lo hizo.

Se ve contenta en las fotos. Me pregunto si cuando era joven deseaba ser una artista en lugar de alguien que revisa las existencias de costales de piedra de río en la sección de diseño de jardines en una tienda de artículos para construcción.

Puede ser que nos llevara a la audición porque ella ya no podía ser un munchkin. Le podría preguntar, pero no la quiero hacer sentir mal. Tenía ese sueño, a lo mejor se las arregló para que nosotros lo podamos cumplir. O tal vez sólo busca alguien que cuide a Randy en las tardes. Sea lo que sea, está funcionando, y eso muestra que uno puede tener "diversos motivos", como dice Papá.

¡Hay tantas fotos de Ramón en todos los álbumes! Papá daba a entender que Ramón siempre se metía en medio de todo, pero al ver esas fotos uno se da cuenta de cuánto lo quería. Si no, no habría explicación para la cantidad en las que aparece.

Pronto habrá fotos de Randy y yo disfrazados de munchkins en el álbum más reciente.

Y estoy segura de que también habrá una reseña de la obra en el periódico porque el crítico de teatro va a todos los espectáculos que se presentan en la universidad.

Y supongo que habrá uno de esos folletos de programa para la obra y que tendrá mi nombre y también el de Randy. Pero sobre todo pienso en el mío. Estoy casi segura de que la lista de todos los que participamos estará en orden alfabético, y Julia Marks va antes que Randy Marks, ¡qué bien!

De repente me preocupa un poco que Papá no llegue a entender lo importante que es ser un munchkin en *El mago de Oz*. Puede ser que pase por alto muchos de los detalles de las próximas siete semanas.

Decido que yo me ocuparé de la historia de este verano.

No sé bien por qué no quiero contarle a nadie de estos planes. Me imagino que a nadie más le importa. Como Mamá trabaja llevando inventarios, tenemos todo tipo de cosas en casa para eso. Voy al garaje, donde ella guarda una enorme caja con cosas, y saco un cuaderno. Es igual a los que usa papá, pero el mío es rojo. No quiero dar la impresión de que lo estoy imitando.

Y entonces me asalta la pregunta de si estoy haciendo un álbum para recordarlo todo o para compartir esa información con alguien del futuro que quiera saber más de esa persona llamada Julia Marks.

Todos los presidentes de los Estados Unidos tienen una biblioteca en la cual se conservan todas sus cosas cuando dejan de ser presidentes. Llaman a esos lugares bibliotecas porque sería raro llamarlos museos mientras los expresidentes sigan vivos. Pero he ido a dos de ellas y no veo que los presidentes escriban libros, ni tampoco que los coleccionen.

Entonces, no son ese tipo de biblioteca.

Están llenas de papeles e informes. Pero no como los informes que hago para la clase de ciencias (como aquél sobre lo que tienen los gallos en la cabeza, que se llama cresta y sirve para preparar una medicina que alivia la artritis), sino de ésos que dicen qué día y a qué hora el presidente tomó café con su colega de Rumania. No sé bien para qué sirve guardar todo eso, pero me imagino que mantenerlo organizado les da empleo a muchas personas, y es importante tenerlo en cuenta.

Pensar en todo eso me ayuda a decidir que mi álbum será para mí, cuando haya vivido tanto que el pasado se me haga lejano y borroso.

Lo más importante que tengo que poner en este álbum es el collar de Ramón. Es demasiado grande, pero podría pegar únicamente la plaquita metálica con el nombre.

Pero no quiero hacerlo porque no siento que sea todavía el momento adecuado. Decido dejar la primera página sin nada y sólo escribo "RAMÓN" en la parte de arriba. Pero luego se me ocurre una idea y desprendo con unas pinzas de mi mamá unos cuantos pelos de los que tiene prendidos el collar y los pego con una cinta adhesiva en la página.

No se ve muy bonito, pero no me importa. Esos pelos contienen ADN y tal vez algún día sea posible hacer un nuevo Ramón con ellos. Es un sueño exagerado, pero ¿quién prefiere tener un montón de sueños insignificantes?

Paso a la segunda página.

En este momento parece imposible que algún día ya no recuerde cada instante de mi paso por la primaria Clara Barton. Y lo cierto es que quisiera sacarme parte de esos recuerdos de encima.

Me acuerdo, como si fuera ayer, de haber usado mi chamarra en preescolar para golpear a Johnny Larson. Me había quitado una moneda que guardaba en mi pupitre y no quería devolvérmela, y eso era robo. Así que cuando llegó la hora de salir de la escuela, tomé mi chamarra y, junto a la puerta del salón, la sacudí para golpearlo con ella. No recordé que la chamarra tenía un cierre metálico, y tuve la mala suerte de que le impactó justo en medio de la frente.

La parte del nacimiento del pelo, donde la piel se encuentra con el cuero cabelludo, sangra con facilidad.

O al menos a Johnny Larson le sangra con facilidad.

Así que al instante de que yo sacudí mi chamarra abrigadora para golpearlo y así recuperar mi moneda, Johnny Larson estalló en llanto y había sangre por todas partes. Meneó la cabeza y unas gotas de sangre salieron disparadas y cayeron sobre la señorita Tilly, una coneja que era la mascota del salón.

Lo cierto es que las manchas rojas en el pelaje blanco de la señorita Tilly se vieron peor, a ojos de muchos de mis compañeros, que la frente sangrante de Johnny Larson.

Me mandaron con el director. No creo que ninguna niñita de cinco años de esa escuela hubiera hecho algo así antes.

Traté de explicar que Johnny Larson me había quitado mi moneda y no me la quería devolver, pero nadie parecía querer oír esa parte de mis razones. Se habló mucho de "conducta agresiva".

Tengo que repetirlo: LO GOLPEÉ CON UNA CHAMARRA. Era azul, de nylon y yo no pensé en el detalle del cierre. Si lo hubiera golpeado con un ladrillo, entendería por qué estaban todos tan escandalizados.

Pero ahora, cuando trato de pensar en las cosas que han marcado mi vida, me doy cuenta de que la historia de Johnny Larson tiene que figurar en el álbum.

En la caja de herramientas que hay en el garaje encuentro unos alicates, y regreso a mi armario, donde está la chamarra en la parte de atrás.

Eso muestra lo poco que he crecido. La chamarra azul de preescolar sigue ahí. Años más tarde, me queda ajustada y ya nunca me la pongo, pero de sólo verla me reviven una cantidad de sentimientos desagradables.

Sea como sea, tomo los alicates, y trato de arrancar un tramo de la cremallera, lo que no resulta tan fácil como parece. Estoy a punto de darme por vencida, por segunda vez, cuando se me ocurre otra idea. Busco unas tijeras y sencillamente corto la chamarra.

Me siento contenta porque ahora tengo un trozo de tela de la parte inferior de la chamarra azul, que me sirve más como recuerdo.

Pero también caigo en la cuenta de que arruiné la chamarra y eso está mal. Algún otro niño hubiera podido usarla como arma para abrirle accidentalmente la frente a un compañero.

O le hubiera podido servir para abrigarse en un día frío.

Enrollo la chamarra estropeada y la meto en una bolsa de papel. Salgo a la calle y pongo todo en el bote de basura de la señora Murray.

Mamá dice que la señora Murray es más vieja que Matusalén. No creo que sea cierto, porque Matusalén tenía más de seiscientos años, según dicen, pero sí suena mejor que decir que es más vieja que la tos.

Una vez oí al señor Wertheimer diciendo eso. Es otro de nuestros vecinos.

La señora Murray tiene ciento dos años y vive todavía en su casa. El señor Wertheimer quisiera comprarle la casa. Vive unas dos puertas más allá, pagando renta, y creo que lleva mucho tiempo esperando una oportunidad para mudarse.

En la casa de la señora Murray vive también Pippi, una señora que le ayuda con todo. Pero ahora, Pippi se enfermó y puede ser que la señora Murray acabe viviendo más que ella. Sería muy triste que alguien a quien contratan para cuidar a otra persona termine muriéndose primero. No habrá manera de que la gente se entere de que uno hizo bien su trabajo.

El asunto es que la señora Murray se pasa el día en una silla de ruedas y hay muy pocas probabilidades de que se decida a hurgar en la basura para ver si alguien metió allí una chamarra inservible y llena de malos recuerdos.

Una vez que pego el trozo de tela azul en la página, estoy lista para otro elemento en mi álbum.

Decido que lo siguiente que me parece importante en mi historia es uno de mis dientes. A la mayoría de los niños se les cae el primer diente a los cinco o seis años.

Pero no sucedió así en mi caso. El primer diente se me cayó hasta que tuve siete años. Se supone que eso es muy tarde. No debo andar espiando y revolviendo entre las cosas de mis papás, pero encontré eso que alguna vez estuvo en mi boca, en el cajón de joyería de mi mamá. Era mi diente, así que me lo guardé. Ella jamás comentó haber notado su desaparición, y eso me muestra que era más importante para mí que para ella.

Como el diente se tardó tanto en caerse, hubo momentos en que me pregunté si yo sería una de esas poquísimas personas que crecen teniendo sólo sus dientes de leche. ¿Acaso eso sucedía de verdad?

Pero resultó que sí tenía el juego completo de dientes metido en algún lugar de mi cráneo.

Este año en la escuela separaron a los niños y a las niñas y nos llevaron a ver una película llamada "Cómo cambia nuestro cuerpo". Así que ya sabemos de otro montón de sorpresas que nos esperan, y que probablemente a mí me lleguen muchísimo más tarde, como sucedió con los dientes.

Contemplo mi primer diente durante largo rato. No siento nada que me una con esa cosa diminuta y extraña. Es como una pequeña perla deforme. Pero, con todo y eso, la pego con un trozo de cinta transparente al álbum porque es parte de mi historia.

Si miro la página durante un buen rato, me pongo triste.

El diente está muerto.

Un día yo también lo estaré.

Como Ramón.

Y él no volverá.

No importa que lo desee con todas mis fuerzas.

No puedo evitar que se me revuelva el estómago cuando pienso en la muerte. Ya sé que es parte del ciclo de la vida y demás, pero también es un peso enorme que lleva uno encima, sobre todo cuando se es joven. Tengo la esperanza de que, cuando sea supervieja y mis rodillas no me sostengan bien, todo tendrá más sentido. Pero incluso si uno es muy religioso y cree que hay un plan para el futuro, a cualquier edad habrá mucha incertidumbre por delante.

Pensarlo me hace sentir como si anduviera por la vida con los ojos vendados.

CINCO

El primer día de ensayos de *El mago de Oz* nos entregaron una hoja con el horario.

Tendríamos ensayo de lunes a viernes a las 2 de la tarde y también los sábados a las 10 de la mañana. Y los domingos libres.

¡Es como tener un trabajo de verdad!

Pero sin que nos paguen.

Me imagino que eso lo convierte en una pasantía sin sueldo.

Una vez le oí decir a mi compañera Echo Freeman que las pasantías son importantes porque sirven para conseguir que lo admitan a uno en la universidad. Ella es dos años mayor que yo y no tengo idea de qué significa todo eso. Le hubiera pedido que me explicara, pero, como su nombre quiere decir "eco", sé que no le gusta repetir las cosas.

Tomo la hoja con el horario, que estaba en el tablero de anuncios que tenemos junto a la puerta de atrás, y lo pego en el álbum. Tenemos dos horarios, pues Randy también está en los ensayos. Pongo el mío junto al diente, en la misma página del álbum.

En nuestro primer ensayo también nos entregaron las hojas con las canciones que cantaremos en la obra, o sea, la letra de las canciones. Me hace gracia que se llame "letra" a eso que en realidad son palabras y frases completas, y a veces hasta una historia. O sea, la letra de una canción es mucho más que una simple letra.

Shawn Barr dice que además nos va a enseñar a movernos. Claro que todos sabemos cómo ir de un lado a otro, pero eso no es lo que él quería decir.

—El movimiento es definitivo en la actuación —dijo—. Una buena actuación se nota hasta en la curva del meñique, en el ángulo del hombro.

Hasta ese momento en que Shawn nos explicó ese detalle importante, jamás había pensado en la manera en que sostengo mis dedos o mis hombros. Y continuó: "Su cuerpo es como su instrumento".

He tenido problemas con los instrumentos musicales en otros tiempos, pero me gusta mucho su idea. Más tarde voy al baño, en un descanso, y le repito la frase a una mujer que se está lavando las manos, y me dijo que era una cita famosa.

Así que Shawn Barr no la inventó, pero no importa. Es la primera persona que me la dijo, y eso sí que importa.

Y pienso que eso, nuestro cuerpo, es lo que nos une a todos, y con ese "todos" me refiero a los cuarenta munchkins. Somos todos chicos. Olive, Quincy y Larry siempre seguirán así. Los demás somos niños, así que lo lógico es que vayamos creciendo.

Shawn Barr dice que la forma en que nos movemos le da a entender al mundo quiénes somos.

Somos chicos, pero no nos movemos como si lo fuéramos. No sé bien qué quiere decir con eso, pero tenemos muchos ensayos por delante para ir entendiendo.

Hasta el momento, no ha usado la palabra "pequeño" o "bajito" ni una sola vez. Nos cuenta que muchos actores cómicos tienen una forma de caminar particular, su sello personal. Y entonces nos muestra cómo se movía uno que se llamaba Charlie Chaplin. ¡Había que verlo!

He decidido que voy a prestarle más atención a la manera en que se mueve la gente ahora que Shawn Barr nos enseñó que eso es importante. Estaré observando eso que llaman lenguaje corporal en todos los que me rodean, y en especial en mi mamá y mi papá.

Me parece que mi mamá se mueve como si siempre estuviera observando alrededor. Incluso cuando no está haciendo nada, nota una cantidad de cosas. Y no se debe únicamente a que esté a cargo de la sección de jardinería de una ferretería y muchos objetos dependen de ella. También lo hace cuando está en un estacionamiento.

Esto me hace darme cuenta de que mi papá se mueve de manera mucho más controlada que mi mamá. Camina de un lugar a otro como si marchara, mirando al frente todo el tiempo. Sus tobillos hacen un ruidito al pisar. No es un chasquido, pero se asemeja. Su forma de andar me indica que no es un soñador.

Papá trabaja en la oficina encargada de los seguros en un centro médico. Es un puesto importante, pero no me gustaría hacer su trabajo. Usa la palabra "cobertura" a menudo. Además, no puede evitar hablarnos de riesgos. Tiene que recibir un montón de solicitudes para que el seguro cubra costos, así que sabe bien qué cosas pueden ser peligrosas, que a fin de cuentas es casi todo.

El lenguaje corporal de mi hermano mayor, Tim, indica que no se puede quedar quieto. Siempre está moviendo algo. Hasta sus cejas a veces suben y bajan sin razón alguna. Cuando está sentado, mueve los pies en una especie de tic nervioso. También mueve las manos. Si está viendo televisión o comiendo un sándwich de queso con mostaza picante, casi siempre tiene un lápiz en la mano y está dibujando. Lo que pinta son personas con orejas de elefante y ojos con estrellas en el centro.

He oído a la abuela Guantecitos decir que Tim tiene una manera muy original de pensar. Es su preferido porque nació primero, así que supongo que cree que ser incapaz de quedarse quieto es un rasgo especial.

Randy todavía es un niñito, así que no creo que sus movimientos cuenten mucho, no importa lo que diga Shawn Barr.

Una vez Randy saltó desde el tejado del garaje, cuando Marla Weiss vino a nuestra casa. Le dijo que era capaz de volar y ella le contestó que era un mentiroso. Yo estaba concentrada en mis asuntos en la mesa que tenemos en el patio de atrás, pero oí lo que sucedía. Era obvio, por la forma en que Randy gritaba, que estaba exagerando. Pero consiguió una escalera y se trepó al techo del garaje.

Miré hacia arriba únicamente porque Ramón empezó a ladrar. Era nuestra primera señal de alerta, pero la mayoría de las veces ladraba porque había una ardilla en el jardín.

Antes de que yo alcanzara a impedirlo, Randy saltó del borde del tejado al aire. Aleteó con los brazos, pero no sirvió de nada. Cayó al suelo como una piedra, haciendo ruido, y se puso a gritar de manera aterradora.

Justo después de caer, levantó la vista para mirar a Marla, con las lágrimas que le corrían por la cara, y dijo: "¿Viste que sí podía volar?".

Ramón ladraba como loco en ese punto.

Esto sucedió un fin de semana, así que mis papás estaban en casa. Papá le puso hielo en la pierna a Randy y Mamá le sirvió helado. A Marla y a mí también nos dio helado, porque no hubiera estado bien que sólo le tocara a él. Después lo dejaron ver televisión un largo rato, a pesar de que Papá y Mamá dicen que ver televisión de día no es bueno, a menos que uno esté enfermo.

Al lunes siguiente, Randy seguía saltando en un solo pie para no apoyar el otro, y se quejaba, así que mamá lo llevó al médico. Ahí descubrieron que se había fracturado el tobillo. Y yo me gané un regaño por no evitar que se subiera al tejado, pero jamás he podido controlarlo.

Creo que los movimientos de Randy son como los de un fideo. Se dobla para acá y para allá, y no le importa si alguien lo mira. Parece muy seguro de sí mismo. Es posible que haya algún tipo de pensamiento mágico en su cabeza. Por eso mismo, dice Mamá, es que la abuela Guantecitos tiene que oír el beisbol en la radio cada vez que juegan los Dodgers.

Si la abuela no está oyendo el partido, no hay manera de que el equipo gane.

Dice que es duro tener que cargar con la responsabilidad de las victorias de los Dodgers.

Y creo que yo me muevo con la intención de no dejar huellas.

SEIS

Hoy es el segundo ensayo, y Shawn Barr está muy inquieto.

Su cuerpo me indica que quiere empezar.

No va vestido con su overol anaranjado. Tiene pantalones negros elásticos y una camisa blanca. Es un atuendo interesante. Voy a observar con atención todo lo que hace porque la mejor manera de aprender es imitando. Lo llaman "ejemplo". No hay que hacer nada de investigación, sólo mirar.

Una vez que el último niño ha llegado, Shawn Barr empieza sentádonos en las sillas del teatro, y luego la mujer del portapapeles baja las luces. Estamos mirando la pared trasera del escenario, que es blanca, así que funciona como pantalla, y empiezan a proyectar la película *El mago de Oz* justo en el momento en que la casa de Dorothy cae del cielo en el país de Oz.

No tiene sonido, y es una lástima porque me encanta la película, y de repente se me olvida que estamos en un ensayo, y quisiera haber traído un suéter para enrollarlo y usarlo como almohada, y acomodarme a gusto.

Shawn Barr dice: "Sólo estamos viendo, sin sonido, porque quiero que pongan mucha atención a los movimientos de los actores".

Creo que yo podría ver y oír al mismo tiempo, sin ningún problema, pero me imagino que él sabe lo que hace.

Después de ver todas las partes de la película en las que salen los munchkins, Shawn Barr nos dice: "Espero que lo que acaban de ver les sirva de inspiración".

No puedo evitar responder a gritos: "Sí, es genial. ¡Y podríamos ver más si eso sirve también!".

Algunos niños me miran con malos ojos, pero Quincy y Larry contienen la risa. Y yo no trataba de ser chistosa.

Lo siguiente es que Shawn Barr nos dice: "No es que vayamos a copiar cada paso de la película, sino a apropiarnos de esos movimientos. ¡Que nos motive la magia que acabamos de presenciar!".

Eso me suena muy bien.

—Artistas, ahora quiero que cada uno de ustedes escoja un compañero de ensayos que será su pareja para trabajar en la coreografía.

Es como si hubiéramos salido de excursión escolar. Hay muchos munchkins y alguien podría extraviarse

sin que los demás se dieran cuenta. Sammy Suger-
man se quedó en el baño cuando mi grupo fue a visitar la fábrica de helados Dryer, hace dos años. Ese
tipo de cosas suceden cuando uno no se está fijando
en los demás. Pero Sammy dijo que le habían dado
otro cono de helado mientras esperaba en las oficinas
a que los encargados llamaran a la escuela, así que me
hubiera gustado perderme junto con ella.

Shawn Barr dice: "Vamos, no sean tímidos. Bus-
quen una pareja".

Tal vez lo correcto sería escoger a mi hermano. Vivimos en la misma casa. Llegamos aquí en el mismo
coche. Tenemos tiempo de sobra para repasar las cosas juntos.

Pero prefiero olvidarme de eso. Este asunto del
compañero o compañera de ensayo es una oportunidad para conocer a alguien nuevo.

Me alegra ver que Randy opina igual, porque se
encamina hacia un grupo de niños sentados junto al
piano.

Yo voy directamente adonde Olive.

Sólo que no soy la única que quiere ser su pareja de
ensayo. Larry y Quincy también se disputan el honor.
Están en medio de una especie de discusión cuando me
aparezco junto a Olive.

Le doy un toquecito en el hombro y me ofrezco
como pareja. "Me llamo Julia Marks", le digo. "Soy

dos años mayor de lo que la mayoría cree porque soy… no soy alta. No me gusta usar esas palabras que describen la baja altura. Quiero que lo sepas, porque soy más interesante de lo que parezco."

Larry y Quincy dejan de discutir, pero ya es tarde.

Olive sonríe y me dice: "Me parece genial, Julia", y me rodea los hombros con su brazo.

Somos de la misma estatura.

—Perfecto —digo yo.

Larry y Quincy no me miran con buenos ojos. Olive no les hace caso. Los dos hombres no tienen más remedio que escogerse uno a otro como pareja.

Minutos después, todos tienen ya su compañero y Shawn Barr está listo para que dejemos de hablar. Da un sonoro aplauso y todos nos callamos.

—Vamos a comenzar los ejercicios de espejos —indica Shawn Barr.

Miro alrededor, pero no veo ningún espejo. Ayer había uno, apoyado contra la pared, pero ya no está.

Continúa: "No quiero decir que vayamos a plantarnos frente a un espejo, sino que se van a parar frente a su pareja de ensayo y se turnarán para imitar los movimientos del otro".

No entiendo nada de lo que está diciendo, pero entonces su asistente deja el portapapeles y se acerca a él. Es más alta, y se ve nerviosa. Shawn Barr levanta los brazos lentamente. Ella hace lo mismo.

Ya lo entiendo. Somos sombras.

Creo que esa sería una mejor manera de explicarlo, y debo estar en lo cierto porque él dice después: "Esto también se llama ejercicio de sombra. Más adelante trabajaremos manifestando nuestra sombra interior, pero eso es más complicado".

No tengo la menor idea de qué será una sombra interior pero, por ahora, estoy encantada de tener a Olive para lo de la sombra exterior. Nos dispersamos por el escenario, cada uno con su pareja al frente. Nos turnamos para ser líder o sombra durante unos cuantos minutos cada quien.

No me gusta ser pretenciosa, pero de verdad creo que Olive y yo lo hacemos mejor que las otras diecinueve parejas.

La razón por la cual lo hacemos tan bien es porque Olive se fija en los detalles, y además no le da miedo probar grandes cosas. Señala con el dedo, y yo la imito. Además, con la mirada me indica qué será lo que viene después, y eso hace que nuestro ejercicio de espejos se vea más impresionante.

Levanta un pie y luego el otro y al mismo tiempo mueve los brazos. Es muy difícil, así que no puedo pensar en nada distinto de lo que ella hace frente a mí. Es como si estuviéramos nadando en el aire. Algunos de los niños se limitan a agitar los brazos hacia arriba y hacia abajo. Nada que ver con lo que estamos haciendo nosotras.

Después de un largo rato de hacer estos ejercicios, Shawn Barr palmotea de nuevo y paramos.

—Ahora quiero que todos ustedes sean mi espejo y me imiten a mí —dice.

Así que todo era un truco para ahora aprender los primeros pasos del baile que haremos en la obra.

Pero lo bueno es que resulta más fácil imitar y seguir a Shawn Barr ahora que hemos estado concentrándonos en imitar y en usar nuestro cuerpo como instrumento en los ejercicios de las sombras exteriores.

Lo que sigue es que Shawn Barr se sienta al piano que está en un lado del escenario, y empieza a tocar la primera canción que vamos a aprender.

La mujer del portapapeles se para frente a nosotros y hace los pasos que Shawn Barr acaba de enseñarnos. Me parece que sigue nerviosa, porque no es tan fácil seguirla.

Además, la música me distrae un poco.

Es increíble lo rápido que se va el tiempo. Parece que acabamos de empezar y ahora Shawn Barr nos dice que ya terminaron las dos horas del ensayo y que nos veremos mañana.

Me doy cuenta de que estoy agotada, pero él se ve lleno de energía.

Es curioso, porque nosotros somos los jóvenes y él, el viejo. Voy hacia la puerta y quisiera que ya fuera mañana y tuviéramos el siguiente ensayo.

La última instrucción que nos da Shawn Barr es: "De aquí a que nos veamos mañana, quiero que miren el mundo desconectando el sonido. Concéntrense en uno solo de sus sentidos y encuentren nuevas formas de ver".

Es una idea interesante, pero por ahora creo que conservaré el sonido para ver mis programas de televisión preferidos.

SIETE

Durante toda la semana nos dedicamos a aprender la letra y los pasos de las canciones.

Ahora ya puedo cantar las canciones sin mirar las hojas con la letra (y no sólo las de mi papel, sino también las de Dorothy y las brujas, a quienes no hemos conocido aún).

Shawn Barr interpreta a los demás personajes cuando ensayamos.

El sonido de su voz cuando hace de Dorothy es increíble.

Suena exactamente igual que Judy Garland, la actriz de la película.

Me preocupa pensar que cuando conozca a quien tendrá el papel de Dorothy, no me va a parecer muy buena. Así de acostumbrada estaré a la actuación de Shawn Barr.

Los munchkins empezamos a ensayar una semana antes que todos los demás actores porque somos niños (casi todos) y esto también le permitió a quienes se encargan de hacer la escenografía avanzar con su trabajo, y también a los de las luces.

¡Hay tantos detalles técnicos en juego durante el montaje de una obra!

No lo sabía hasta este momento, y sigo sin entenderlo del todo, pero sucede a mi alrededor.

De lo que he visto hasta ahora en el escenario puedo decir que las paredes no son más que enormes trozos de tela dispuestos en marcos de madera, y luego pintados. Cada una de estas cosas se llama "bastidor". Antes de esto, hubiera pensado que era una forma equivocada de decir "batidor".

Los bastidores están hechos para moverse con facilidad. Algunos tienen rueditas abajo y otros se levantan con cuerdas al espacio que hay encima del escenario. Me gustaría tener una casa así. Que uno pudiera cambiar de lugar la sala, y achicarla o agrandarla, o quitar una pared y abrir una habitación hacia el jardín, todo en menos de un minuto, como en el teatro.

Cuando uno está en el escenario, constantemente le dicen "Cuidado atrás", "Ojo atrás" y "Cuida tus espaldas".

No quiere decir que nadie vaya a pegarle en la espalda un papelito escrito con tonterías.

Lo que quieren decir es que hay que tener cuidado con lo que sucede atrás porque las paredes se mueven y, en el caso de *El mago de Oz*, parte de una casa cae del cielo. Claro que no es una casa de verdad. Es una cosa construida con madera ligera y bloques de espuma pintados. Pero en todo caso, nadie querría que eso le cayera encima.

Eso que dicen también significa que hay que estar alerta a lo que pasa alrededor.

Shawn Barr nos ha explicado que los artistas son observadores. No creo que yo sea artista de ningún tipo, pero me gusta saber qué es lo que está pasando a mi alrededor. También presto atención cuando la gente habla cerca de mí, de sus asuntos, y según nuestro director no quiere decir que yo me ande metiendo en lo que no me importa, sino que soy una observadora cuidadosa. Solía pensar que los observadores eran únicamente señores con binoculares.

Me gustan más los telescopios que los binoculares.

Mirar las estrellas en el cielo de la noche, en especial si uno ha salido a verlas con un perro, es una experiencia fabulosa.

Lo que más me gusta durante los ensayos de esta semana es observar a Shawn Barr correr de un lado a otro entre el piano y su lugar en el escenario.

Dibuja marcas con tiza en el piso de madera para nosotros.

Parte de estas cosas las inventa sobre la marcha, pero también tiene todo escrito en su cuaderno, y he notado que las páginas parecen como mapas, con flechas que van en todas direcciones.

Tengo la esperanza de que algún día algo se caiga de ese cuaderno (y que él no se dé cuenta y no sea nada importante para él), porque sería una adición fantástica para mi álbum.

Se supone que debemos situarnos en esas marcas de tiza en el suelo en diferentes momentos durante las canciones. La mujer del portapapeles, que se llama Charisse y es la asistente del director, pero no puedo dejar de pensar en ella nada más como la mujer del portapapeles a pesar de saber su nombre, pone cinta adhesiva de colores sobre las marcas. Estos trozos de cinta pegados en el piso se llaman precisamente marcas.

Y me encanta, porque suena como mi apellido: Marks.

Es una coincidencia, por supuesto, pero no deja de ser increíble.

Cuando nos dicen "en sus marcas" debemos ir a una de esas cruces de cinta.

Si fuera a tener una tarjeta de presentación ahora, me gustaría que dijera:

Julia Marks
La mejor amiga de Ramón
Actriz en producciones semiprofesionales
Mayor de lo que parece
"Marks, siempre en su marca"

No estoy segura de si ese tipo de tarjetas tienen un lema. No creo que mis papás hayan puesto nada en sus tarjetas distinto del nombre, pero ellos trabajan para grandes compañías. Yo soy sólo yo.

Mi tarjeta también tendría un logo divertido. Tal vez de un perro bailando o zapatos que cantan.

Si tuviera tarjeta, sería algo fabuloso para agregar a mi álbum.

Quizá puedo pedirlo como regalo para mi próximo cumpleaños. No sé quién querría una de mis tarjetas, pero si las tuviera ya estaría preparada para entregarla, y me han dicho en la escuela que necesito aprender a estar preparada para todo.

Hoy es sábado, lo cual significa que es el final de nuestra primera semana de ensayos.

Shawn Barr se sube a una escalera para observarnos mejor y desde allí canta todas las otras partes. Obviamente, no está tocando el piano desde allá arriba, pero aplaude al ritmo de la música. Nos grita antes de empezar: "¡Volumen, artistas! No piensen en la canción por ahora, canten a todo pulmón".

Supongo que estábamos cantando sin hacernos oír bien, porque nos grita de nuevo a los pocos minutos, desde su puesto en lo alto de la escalera: "¡No los oigo!".

Esta vez parece que realmente eso es lo que quiere decir.

No nos queda más remedio que cantar intensamente. Y lo hacemos. O al menos tratamos.

Estoy casi chillando en lugar de cantar y no logro oír a ningún otro, ni siquiera a Olive, que va girando, y todos los demás también damos vueltas porque se supone que debemos bailar y cantar. Quincy y Larry van más rápido que todos los demás, da la impresión de que Quincy podría desencajarle el brazo del hombro a punta de tirones.

Shawn Barr sigue llevando el ritmo con las palmas y mirándonos, y entonces sucede una cosa francamente terrible.

Me imagino que a Shawn Barr se le olvida que está atrapado en una escalera porque da un paso y como sólo hay aire frente a él, claro que se cae.

Dejamos de bailar y cantar a todo pulmón y corremos hacia Shawn Barr, que está tendido en el escenario, retorciéndose como una lombriz a la que acabaran de pisar en el piso seco.

De su boca salen todo tipo de palabrotas. Olive me dice en susurros que me tape los oídos. No le hago caso.

Entonces, Randy se acerca a Shawn Barr y oigo que le dice: "Una vez me caí del tejado y me rompí el tobillo. ¡Tal vez te rompiste el tobillo!".

Podría decir "saltaste del tejado y te rompiste el tobillo" que fue lo que realmente sucedió. Pero no lo corrijo.

Mis papás me han explicado muchas veces que corregir a las personas cuando están hablando, incluso si tienes razón, puede ser de mala educación y la mayor parte de las veces no sirve de nada.

Parece que ésta es una de esas veces.

Larry corre hacia la oficina para llamar a un médico. La mujer del portapapeles va tras ellos. Olive y Quincy nos reúnen a todos y nos mandan a esperar en la entrada del teatro.

Entonces evacuamos el edificio como si fuera un simulacro de incendio.

Sin empujones ni apretones.

Salimos cada uno con su pareja.

Estamos todos en silencio. Tomo mi posición junto a Olive. Así es como deben ser las cosas. Salimos al final para asegurarnos de que dejamos todo en orden.

No quiero alejarme de Shawn Barr, pero Quincy se queda con él, y Olive quiere ir con los niños para asegurarse de que no hagan ninguna tontería.

Minutos después, vemos llegar una ambulancia, y dos médicos se bajan para dirigirse al teatro (con enorme lentitud, en mi opinión). Cada uno lleva una especie de caja anaranjada para guardar equipo de pesca, pero es obvio que no llevan nada de eso.

Luego, vuelven poco después para sacar una camilla y regresan al teatro.

Cuando los vemos de nuevo tienen a Shawn Barr amarrado a la camilla. Parece que le hubieran puesto cinturones de seguridad alrededor del pecho y las piernas.

Consigue mover las manos para hacernos la señal de que todo está bien, con los pulgares hacia arriba.

Hasta el lunes sabremos qué le sucedió.

Quisiera subirme a la ambulancia e ir con él al hospital, pero sé que no me permitirían, así que ni siquiera lo menciono.

La ambulancia se aleja y veo que quedó atrás el paquete de los guantes que uno de los hombres se puso antes de atender a Shawn Barr. La bolsa blanca tiene el dibujo de una mano y las palabras: Guantes estériles. Y luego en letras más chicas: De gran aceptación en más de cien países alrededor del mundo.

Me parece interesante porque pienso que una persona que quisiera enterarse de eso nunca llegaría a leer aquello sobre la aceptación en todo el mundo, sea lo que sea lo que eso quiera decir.

Así que la frasecita parece un alarde inútil.

De inmediato sé que esta bolsa irá directo a mi álbum.

Doblo el paquete en dos y lo pongo en mi bolsillo trasero.

Obviamente, el ensayo de hoy se da por terminado.

La mujer del portapapeles se quedará con nosotros. Olive, Quincy y Larry se despiden y se van. Son adultos y no tienen que esperar a que vengan sus papás a recogerlos. Tengo curiosidad de verlos irse porque no sé si yo alcanzaría al pedal del acelerador en el coche de mi mamá, y Olive tiene la misma estatura que yo.

¿Acaso tendrá un asiento especial en el coche?

¿O quizás una manera diferente de manejarlo?

¿Cómo funcionaría eso?

Pero los tres adultos desaparecen por un camino, andando y sin subir a ningún coche. Los niños nos quedamos todos juntos, en los trechos en que da el sol contra la pared de piedra, y pensamos en Shawn Barr.

Desearía que hubiéramos cantado suficientemente fuerte, porque quizás así este accidente no habría ocurrido.

No quiero ponerme a buscar al culpable, así que no voy a acusar a los munchkins o a mí misma por no saber proyectar bien la voz.

Si tuviera que señalar a un culpable, cosa que no voy a hacer, me limitaría decir que esas escaleras son muy peligrosas cuando una persona está entusiasmada.

OCHO

El show debe seguir.

Es una expresión que la gente usa para todo tipo de cosas, pero en nuestro caso se aplica a la perfección. *El mago de Oz* seguirá con su programación a pesar de que Shawn Barr tenga roto el coxis, o sea, el último huesito de la columna vertebral.

No está bien decir que Shawn Barr se rompió el trasero, que es lo que Jeremiah Jensen les dijo a algunos de los niños.

Jeremiah es el más alto de todos los munchkins, y eso lo lleva a pensar que puede mandarnos, pero no es así.

Olive, Quincy y Larry sí pueden hacerlo porque ellos son adultos.

Como sea, Shawn Barr tiene mucha suerte de sólo haberse roto el coxis, porque pudo ser mucho peor. De golpearse la cabeza, a lo mejor ahora no podría distinguir entre una pera y una manzana.

Mientras esperamos a que lleguen todos los munch-kins la tarde del siguiente lunes, Quincy dice: "Las caídas pueden ser muy peligrosas. Había una vez un señor llamado Vincent Smith que trabajaba en una fábrica de dulces en Nueva Jersey. Un día resbaló y fue a caer en una enorme tina de chocolate derretido. Una de las grandes paletas que sirven para mezclar el chocolate lo golpeó en la cabeza, dejándolo incons-ciente. El chocolate estaba caliente y a los demás em-pleados les tomó diez minutos sacar el cuerpo del se-ñor, que murió cocinado. Y tal vez también se ahogó porque no podía respirar en el chocolate derretido".

Nadie dice nada, pero Olive se voltea y mira a Quincy como si quisiera fulminarlo.

Él murmura: "Es cierto. Puedes averiguar y verás que digo la verdad".

La historia de Vincent Smith me recuerda la *fondue* de chocolate, que es lo que comemos todos los años por-que parte de la familia de mi mamá es suiza. El abuelo de su papá vino de Suiza, aunque no recuerdo su nom-bre porque jamás conocí a este tatarabuelo suizo.

Como sea, la fondue que a él le gustaba era la de queso, pero nosotros comemos de chocolate. La palabra "fondue" viene del francés y quiere decir "fundido". Eso fue lo que papá nos explicó una vez. También nos dijo que uno no debe volver a meter en la olla del chocolate el trozo de fruta o pan que ya mordió.

No es higiénico.

Detesto la palabra "higiénico".

Suena mal.

Tim siempre mete dos veces sus bocados en la olla y no le importa lo que digan los demás. Me gusta la idea de la fondue, pero cuando nos toca comerla, me da la impresión de que requiere muchísimo trabajo y no compensa el esfuerzo.

De ahora en adelante, siempre que hagamos fondue me acordaré de este Vincent Smith, que no tenía buen equilibrio ni buena suerte.

Gracias, Quincy.

Shawn Barr no quiere que perdamos ninguno de los ensayos, aunque él vaya a faltar unos días y lo tengan con medicamentos para el dolor.

Así que su directora asistente, la mujer del portapapeles, es quien está a cargo ahora.

Y por eso, voy a llamarla por su nombre.

Charisse Hosie está contentísima con su nuevo trabajo (aunque sea temporal). Es estudiante de posgrado y el montaje de esta obra es parte de lo que debe hacer para graduarse. Charisse me recuerda a un pastor australiano. Hay uno de esos perros cerca de mi casa, en la calle que baja por la colina. Se llama Gravy y se la pasa tratando de que cualquier otro animal lo siga o de correr tras una pelota.

Charisse tiene una mirada ansiosa, al igual que este perro.

Cuando todos hemos llegado, nos lee una nota de Shawn Barr. Al terminar, levanto la mano y pregunto: "¿Podría quedarme con esa nota de Shawn Barr?".

La pido porque sería un objeto excelente para mi álbum de recortes.

Charisse pone una cara extrañada y dice: "No está bien que guardes su correspondencia privada".

No me parece justo porque no era privada. Acaba de leerla frente a todos.

¿Cuál es la diferencia entre oír lo que dice y quedarme con el papelito?

Nuestra nueva directora deja su portapapeles sobre el piano, durante el descanso, para ir al baño, y veo que Larry se acerca y lo mira. A lo mejor él también quería quedarse con la nota.

Los ensayos con Charisse son muy distintos a los de Shawn.

No hacemos ejercicios de espejo ni de ubicarnos en nuestras marcas. Nos pide que nos sentemos en las sillas del público. Ella se queda en el escenario. Deduzco que así puede vernos a todos sin necesidad de subirse a una escalera, pero no podemos movernos. Quizás es precisamente eso lo que busca. Además, no sabe tocar el piano como Shawn Barr y no canta las partes de los otros personajes. Tararea cuando debe cantar Dorothy o cuando la Malvada Bruja tiene algo qué decir.

Nos hace cantar las canciones una y otra vez.

No pasa mucho antes de que estemos cantando como si estuviéramos mascando apio.

Pasa lo mismo que con la fondue: demasiado trabajo para el resultado que da.

Al fin, Charisse nos da una idea: tratar de cantar con vocecitas chillonas que no se parezcan a nuestra voz de verdad. Me imagino que le parece que sería bueno que dejáramos de sonar como niños.

A Olive y Larry y Quincy les dice que pueden seguir cantando como lo han hecho. Me pregunto si eso los habrá lastimado. Espero que no.

Pasamos el resto del ensayo tratando de cantar por la nariz. No sé bien a qué se referirá, pero trato de hacerlo.

Por fin llega el momento de irse, y todos estamos muy cansados, a pesar de que estuvimos todo el tiempo sentados.

Decido que estar sentada mucho rato puede ser agotador.

Mi mamá tiene una amiga, Nancy, y la oí decir que hoy en día estar sentado es tan malo como fumar.

Me pareció una locura cuando la oí, pero ahora entiendo. Ambas cosas son malas para el organismo.

Cuando vamos saliendo del teatro hacia la zona de estacionamiento, Larry me alcanza y me dice: "Toma, Julia, te conseguí la nota".

Me entrega la nota de Shawn.

Deduzco que la tomó del portapapeles.

Me preocupa que ahora Charisse vaya a pensar que fui yo y me considere una ladrona. Pero ella ya se fue, porque tener el puesto de directora es mucho más demandante que ser la asistente del director.

No quiero dar la impresión de que soy una ingrata, porque Larry se tomó el trabajo de conseguir ese papelito para mí. Por eso digo: "Gracias, Larry. No era necesario".

Es lo que pienso, pero también es una frase de rigor, y Larry se ve bastante contento.

También me doy cuenta de que está tratando de que Olive vea que me entrega la nota. Pero ella no le presta atención.

La nota no está escrita a mano sino impresa en papel blanco, y dice:

MIS QUERIDOS ARTISTASSS:
   PIENSO EN USTEDESSSSS MIENTRAS
PERMANEZCO EN CAMA. LOS
MEDICAMENTOSSSS ME AYUDAN CON
EL DOLOR, PARA SALIR DE ESSSSSTA.
   EL SHOW DEBE SEGUIR. ESO ESSSSSS

PARTE DE LA GRAN TRADICIÓN DEL
TEATRO. INCLUSO EN MOMENTOSSSS
DIFÍCILESSSS COMO ÉSSSSTE,
SEGUIMOSSSS ADELANTE.
CHARISSSSSE TIENE
INSSSSSTRUCCIONESSSSS PARA LOSSS
ENSAYOSSSS. PRONTO ESSSSTARÉ CON
USSTEDESSSS.
HASSSTA ENTONCESSSS, HAGAN EL
FAVOR DE CANTAR CON SSSSENTIMIENTO.
POR EL CAMINO AMARILLO.

SU DIRECTOR,
SSSSSHAWN BARR

La nota me extraña un poco, por ese asunto de la repetición de las S.

Ya entiendo por qué Charisse no quería que la viera.

A lo mejor Shawn Barr se golpeó la cabeza (igual que el coxis), y sufre una conmoción cerebral, que es algo que todos sabemos que puede ser grave, y la razón por la cual los deportistas tienen que sentarse cuando les dan un golpe allí.

Otra de las explicaciones para semejante nota sería que Shawn Barr esté tomando un medicamento muy fuerte. Hay muchos videos en YouTube de personas que cambian y se alteran mucho después de tomar pastillas para el dolor. No sé si será de mala educación reírse de ellos, pero a mí me parecen muy cómicos.

Otra respuesta sería que nuestro director tiene un teclado de porquería al que se pega la letra S cuando la oprime.

Esas cosas pasan.

El año pasado derramé salsa de tomate sobre la computadora de mi mamá, y después del accidente el teclado dio muchos problemas.

Otra cosa que podría estar sucediendo es que Shawn Barr estaba preocupado, pensando en Charisse, y las SSS tienen que ver con que en el nombre de ella hay dos. Esta última razón parece algo que se le ocurriría a la abuela Guantecitos.

A veces, a partir de una cosa y otra, llega a la conclusión de que está viendo a un ladrón.

Cuando llego a casa me siento muy contenta de tener la nota firmada por SSSSShawn Barr. Se va directo a mi álbum. Y entonces hojeo las primeras cuatro páginas que tiene ya este *Álbum de la vida de Julia* (o *Alviju*, como quiero empezar a llamarlo) y creo que me he concentrado en aspectos negativos.

Escribo un índice de contenidos.

La pérdida de Ramón (la primera página, con los pelos).

Mala suerte con el cierre (de cómo golpear a un niño con algo blando puede salir mal).

86

El diente de leche que por poco no se cae (y que me hacía ver como una bebé).

El guante de los parámedicos que auxiliaron a Shawn Barr (para mostrar los riesgos de las escaleras y de los musicales).

Si dentro de muchos años, en el futuro, alguien mira este libro (por ejemplo, si me vuelvo famosa o si una erupción volcánica nos sepulta bajo cinco metros de lava derretida, y un milenio después alguien descubre nuestra ciudad y todo está en buen estado de conservación), no quisiera que pensaran que me interesaban más las cosas malas que las buenas.

Me ha dado tristeza perder a Ramón, pero quiero que la gente me recuerde como una persona alegre.

Tengo que dejar eso en claro.

Necesito una página que muestre algo alegre.

NUEVE

Papá está poniendo la ropa a lavar y mi mamá se fue al supermercado.

Yo solía sacar a pasear a Ramón después de la cena, así que no pasará nada si salgo de casa y me quedo por ahí cerca, en la calle.

Saco una canasta del armario del pasillo y tomo unas tijeras de un cajón en la cocina, y me dirijo a la casa de la señora Chang.

Tiene muchísimas flores en su jardín.

No la conozco porque nadie más la conoce, pero eso no me detiene. Esta señora se mudó aquí hace apenas un año, y se ha mantenido encerrada. Me parece que trataron de darle la bienvenida, pero me imagino que resultó ser reservada. Los demás vecinos tienen plantas sin gracia, y la señora Chang se ha pasado todo el año cultivando cosas bonitas.

Recorro el caminito hasta la puerta principal. La gente que vivía antes en esa casa tenía un prado, pero ella lo quitó y ahora todo son flores. Podría agacharme y cortar un ramo entero, pero no estaría bien hacerlo sin permiso. Además, soy el tipo de persona a la que siempre pillan haciendo algo, así que toco el timbre, y espero, deseando que ella no esté en casa.

A los dos segundos, la puerta se abre y aparece la señora Chang. Rápidamente le pregunto: "¿Le importaría si corto algunos de sus pensamientos violetas para un proyecto de disecar flores?".

Supongo que la señora Chang no sabe que ya no estamos en clases. Es vieja. Si tiene hijos, deben ser adultos desde hace tiempo, y apuesto a que ya no se fija en el calendario. Pero no estoy diciendo mentiras porque sí planeo disecar las flores para mi álbum, que es un proyecto.

Se tarda un poco, mientras piensa en sus flores, supongo, y al final dice que sí. Entonces, vuelve a entrar y sale unos minutos después con una paleta.

—Gracias —le digo.

—Te he visto paseando a tu perro —me contesta.

Debería decirle que Ramón murió, pero es algo demasiado personal, así que me limito a asentir con la cabeza. —¿Cómo te llamas? —pregunta.

Por unos instantes pienso si la paleta estará envenenada. Todo el mundo sabe que uno no debe comer nada que le ofrezca una persona que acaba de conocer.

Pero es demasiado tarde. Ya le di dos mordidas.

Sigo masticando, cosa que no es de buena educación, cuando respondo: "Julia".

La señora Chang asiente como si le pareciera que todas las niñas del mundo se llaman así. Y luego se inclina: "¿Qué tal tu vida?".

Es una pregunta muy profunda, y no sé si espera una respuesta de verdad o si nada más trata de ser amable.

Siento que me mira fijamente.

Me paso el bocado de paleta, y siento un trozo grande y helado que se me detiene en la garganta. Tengo que esperar a que se derrita antes de contestar: "Durante el verano estoy participando en una obra de teatro en la universidad. Se llama *El mago de Oz*".

No estoy preparada para la reacción de fascinación de la señora Chang.

Sus manos chocan en una sonora palmada y dice: "Fantástico, ¿o no?", y parece que de verdad lo piensa así. Se sienta en una banca que hay junto a la puerta, y me doy cuenta de que eso quiere decir que realmente vamos a "hablar", cosa que no era mi idea de lo que sucedería cuando decidí venir y pedirle unas flores.

Pero me imagino que, si uno toca en una casa ajena y pide algo, ese algo tiene un precio.

Y resulta que la señora Chang en otros tiempos fue una especie de cantante y bailarina. No parece que ahora sea capaz de bailar o cantar. Me cuenta una larga historia que habla de personas y lugares de los que jamás había oído hablar. Y de un crucero (me imagino que allí cantaba).

En determinado momento dejo de poner atención y me limito a asentir. Me distraigo comiendo mi paleta. Cuenta algo de unos tales Gilbert y Sullivan, supongo que músicos amigos suyos, y luego me pregunta: "¿Qué tienen planeado para el vestuario?".

No me doy cuenta de que se refiere a mi obra de teatro hasta que dice: "El vestuario es una de las partes más importantes de una producción. *El mago de Oz* tiene inmensas posibilidades en ese campo".

¿Y qué voy a saber yo de los disfraces? Acabamos de perder a nuestro director por culpa de una caída, y el pobre ahora está inmóvil en una sola posición (igual que la tecla de la S).

Le digo: "Apenas estamos comenzando. No tengo información sobre esa parte".

Esa respuesta alegra mucho a la señora Chang. ¡Mucho! Se da un par de golpes con los puños en las rodillas y se pone de pie de un salto.

Me sobresalta y también doy un brinco. No parecía ser una persona capaz de semejante pirueta.

—Puedo coser prácticamente cualquier cosa —dice—. Me encantaría ofrecer mis servicios, como voluntaria.

No respondo. No soy la persona a cargo de la obra y, hasta donde sé, tengo la peor voz de todos los que cantamos. Tampoco soy buena para bailar, y estoy casi segura de que me dieron el papel por mi estatura y porque puedo ser como un terrier. A lo mejor seré una de las que no pasan de los ensayos, y nunca llegaré a la noche de estreno.

He empezado a preocuparme por eso.

Le pregunté a Randy si le preocupaba algo así, y se rio. Pues claro que no le preocupa. No le importa lo que piense la gente, y es por eso que a veces usa calcetines que no hacen juego.

Le digo: "Me puede dar su teléfono y le diré a mi mamá que la llame. Parece algo de lo que convendría que hablaran las dos".

La señora Chang dice: "¡Lo haré!".

Me parece raro porque no hace nada. A menos que quiera decir que me dará su teléfono y esperará a que mi mamá la llame.

Pero su respuesta está llena de emoción, así que sonrío.

La señora Chang entra corriendo en la casa. Cuando digo corriendo, no exagero, pues eso es lo que hace. Regresa con su número de teléfono anotado en un papelito y me lo da.

Ya tuve suficiente, y se lo digo: "Tengo que irme, porque la abuela Guantecitos va a llegar".

Es mentira, pero sí es cierto que la abuela llega de repente sin avisar, así que puede ser que más tarde resulte verdad.

Además, pienso que despedirse de una señora mayor para ir con otra suena bien.

Camino de vuelta a casa y, cuando llego, me doy cuenta de que no traje las flores que necesitaba para mi álbum.

Me distraje con la paleta, y lo que me queda es el palito.

Es la primera vez que miro con detenimiento ese palito de madera que hay dentro de una paleta, y me doy cuenta de que era parte de un árbol y que este árbol fue talado para que un niño desagradecido pudiera comer postre (y puede ser que ni siquiera a la hora del postre).

Shawn Barr nos dijo que le prestáramos atención a nuestras acciones en el mundo.

Es más difícil de lo que parece.

Voy a pegar el palito en mi álbum, porque tengo la impresión de que por mucho tiempo recordaré esta tarde en la casa de la señora Chang, y eso quiere decir que puede que sea importante.

Estoy segura de que, al menos, recordaré la paleta. Era de helado, cubierta de chocolate, muy buena. Dulce, pero también algo salada.

En lugar de darle a mi mamá el teléfono de la señora Chang, lo pego junto al palito. Así mejora la presentación, pues tiene una letra muy bonita, pero también porque lo escribió en un papelito de color rosa muy interesante.

Mi mamá no sabrá la diferencia, y no estoy diciendo mentiras, robando ni metiendo a nadie en problemas.

Bueno, tal vez sí voy a mentir, porque le dije a la señora Chang que le daría su teléfono a mi mamá. Pero no me parece que esté tan mal, y eso quizá quiera decir que algún día me habré convertido en una mala persona.

Si así fuera, esta página con el palito y el número de teléfono sería la primera pista para la policía.

Un rato después, cuando acaba de anochecer, suena el timbre de nuestra puerta.

Mi papá va a ver quién es, y se encuentra a la señora Chang allí a la entrada. Lleva puesto un vestido verde que cae hasta el piso. No trae flores, que hubiera sido bueno porque podría disecarlas para mi álbum. Tiene fotos en la mano, y la oigo decir que son fotos de munchkins. Me imagino que las imprimió desde su computadora, o algo así.

Todo esto lo puedo ver desde mi puesto en el pasillo. A veces tiene sus ventajas no ser alta porque, al estar más cerca del suelo, no me hago notar a primera vista, y menos cuando estoy de rodillas.

Mi mamá se une a mi papá en la puerta, y lo siguiente que veo es que han llevado a la señora Chang a la sala.

Sigo oculta porque no les di a mis papás el teléfono de la vecina.

Ni siquiera les conté que estuve en su jardín hoy. Además, comí helado de postre, hace unos momentos, fuera de la paleta que comí allá, y mi mamá puede ser muy estricta con las golosinas.

No recuerdo que mis papás le hubieran dirigido la palabra a la señora Chang en todo el tiempo que lleva en nuestra calle, porque ella es mucho mayor y a la gente le gusta tener amigos de su misma edad. Además, ella es reservada (a menos que uno toque a su puerta y le pida flores). Mis papás están siempre en sus carros, así que probablemente nunca la han visto arrodillada en el jardín, quitando malezas.

Me quedo en el pasillo, escuchando, y resulta que la señora Chang ofrece hacerme un disfraz de munchkin y que me lo ponga para ir a un ensayo para que así todos vean que es una experta con hilo y aguja.

Es una idea pésima.

Confío en que mi mamá le diga que su plan es terrible y además podría avergonzarme, pero en lugar de eso la oigo decir: "¡Qué ofrecimiento más generoso!".

¿Generoso? ¿Quién lo dice?

La nuestra es una producción universitaria y tenemos a personas como Shawn Barr, que vino desde Pigeon Forge. La actriz que hará de Dorothy debe llegar en cualquier momento, y a ella le pagan por estar en esta obra. No podemos permitirnos que una vecina viejita, de vestido verde hasta el suelo, cosa trapos y haga que los niños usen manualidades caseras. ¡Estamos aprendiendo a ser profesionales!

Voy al baño y me encierro allí.

No pasa mucho tiempo antes de que oiga a mi mamá frente a la puerta del baño: "Julia, ven por favor y saluda a la señora Chang".

—No puedo —contesto—. Estoy ocupada aquí.

Me quedo sentada en el piso de azulejos y siento que pasa una hora completa.

Cuando al fin salgo, la señora Chang ya se ha ido.

¡Pero con ella también se fueron mis pantalones blancos favoritos, mi camisa roja y mis zapatos cafés nuevos! Mi mamá le dio esas importantes y valiosas prendas de vestir a una anciana desconocida que es vecina nuestra.

Hay una palabra para describir cómo me siento: indignada. Sería como decir que mi mamá no me consideró digna de consultarme nada y tomó la decisión sobre mis pertenencias.

¡Estoy indignada!

Mamá y yo estamos en mi habitación y los cajones de la cómoda están abiertos. Esto es lo que viene después, con gritos de mi parte:

—¿Le entregaste mis pantalones blancos?

—Julia, no se los va a llevar para siempre. Los quería para tomar las medidas para el disfraz.

—¡Pero si ni siquiera la conoces! ¡Jamás volveré a ver mis pantalones!

—No seas ridícula. Es una señora muy amable. Se entusiasmó al pensar en hacerte un disfraz.

—¡Nadie le pidió que lo hiciera! Hay un departamento de teatro y personas empleadas que se encargarán de los disfraces de munchkins.

Me sorprende oír tanta fuerza en mi voz, como la de Shawn Barr. Y es increíble porque apenas lleva una semana con nosotros, la de los ensayos antes del accidente. ¡Supongo que soy buena imitadora!

—La señora Chang es muy amable y está haciendo algo bueno, y tu actitud es contradictoria y descortés.

Mi mamá retrocede. Se aleja de mí. Su mirada me indica que ya tuvo suficiente de esta discusión. Lo siguiente que sé es que va por el pasillo hacia su oficina en la casa.

No voy tras ella.

Randy asoma la cabeza por la puerta de mi cuarto: "¿Qué tiene de malo que la señora te haga un disfraz?", murmura.

Ni siquiera le contesto.

¿Por qué no puede mi hermano ser el modelo de la señora Chang y no yo?

Se puso una capa todos los días hasta los cinco años, cuando su profesora de preescolar lo obligó a quitársela. Se compró un sombrero de copa en una venta de jardín hace tres meses y se lo pone para practicar trucos de magia. Hasta el momento no ha logrado aprender ninguno realmente bien. Y es mucho mejor munchkin que yo en todo sentido.

Que sea él quien se ponga el disfraz casero y parezca listo para salir a pedir dulces en Halloween.

DIEZ

Me despierto tarde al día siguiente y voy a la cocina para tomarme el café que Papá dejó.

A los papás les parece detestable la idea de que los niños tomen café, así que empecé a hacerlo a escondidas hace como un año. Ahora me encanta, aunque probablemente al principio me supo a remedio y me manchaba los dientes.

No es cierto que uno deje de crecer si toma café. Hice mis investigaciones y no encontré ninguna prueba. Piper me dijo que los adultos tienen aliento a café, y que a ella le parece que huele igual que el lugar donde un gato suele dormir. Yo le pongo un montón de leche a mi café para no tener ese aliento.

Me siento junto a la ventana con mi café con leche frío, y pienso en los pasos que hemos aprendido con Shawn Barr.

Mamá tuvo que irse a trabajar, así que dejó a Tim a cargo de nosotros. A él no le importa lo que hagamos, siempre que no lo metamos en problemas.

Si Ramón estuviera conmigo, lo sacaría a dar un paseo. Sé que eso lo alegraría, porque nada era mejor para él que salir al mundo y oler cada árbol, arbusto o poste que pudiera encontrar, mientras hacía su labor de eliminar a las ardillas del planeta.

Decido caminar por nuestra calle e imaginar que él está conmigo.

Se me ocurre sacar su correa, pero la gente pensaría que es muy raro que lleve una correa de cuero arrastrando tras de mí. No quiero armar una escena, así que enrollo su collar y me lo echo al bolsillo. Abulta un poco. Lo debería dejar en casa, pero no lo hago porque me imagino que estamos juntos.

Apenas salgo, empiezo a cantar mentalmente las canciones de *El mago de Oz*. Voy convencida de estar cantando en silencio, pero sucede que no. Paso frente a la casa de la señora Chang, y debí cruzar la calle en algún momento porque de repente la puerta se abre y ahí está ella.

Me dice a gritos: "¡Tus zapatillas de munchkin ya están listas!".

Me miro los pies. Traigo zapatos deportivos. Me toma un instante acordarme de que ella debe creer que estoy en una producción escolar, y no en una universitaria, con Shawn Barr como director.

La señora tuvo la noche y parte de un solo día, ¿y ya tiene mis zapatos?

Se acerca por el caminito, que no es muy largo, y abre la puerta de la cerca para dejarme entrar en su jardín: "Ven, entra, para ver si te quedan bien".

No quiero entrar a su casa. Además, ¿cómo fue que fabricó un par de zapatos? No es que vivamos en tiempos de la antigua Roma.

La señora Chang no lo sabe, pero hice un informe escolar sobre el descubrimiento de unas sandalias en el yacimiento arqueológico de la cueva de Fort Rock, en Oregon. Y por eso sé que eran bolsas que se ponían en los pies, hechas de piel de oso. No me esforcé mucho haciendo ese informe y me cuesta recordar detalles. A lo mejor la señora Chang tiene un molde plástico y un horno, porque no puedo imaginarme que haya ido a cazar un oso para conseguir el cuero.

La mayor parte de los zapatos actuales no se hacen de pieles de animales. Y no voy a ponerme unos zapatos de hule hechos en casa. No importa cuánto me insistan mis papás en que uno debe ser amable y cortés con los ancianos.

Y antes de darme cuenta, estoy en casa de la señora Chang.

Y no se parece para nada a lo que me esperaba.

No tenía ninguna idea muy clara en la mente de cómo sería, pero, de tenerla, hubiera sido una casa con fotos y cuadros de flores. Tiene tantas en su jardín que bien podía ser una especie de obsesión, cosa que sucede cuando a uno le interesa demasiado una cosa. La abuela Guantecitos dice que el equipo de los Dodgers le ha traído tantas dichas como penas, pero que eso sucede cuando uno es un fan entusiasta. Mi abuela tiene más gorras y camisetas de ese equipo de las que uno podría considerar normales, por su interés obsesivo en ellos.

Pero la señora Chang no tiene ni una sola foto de una flor. Tiene cosas más increíbles.

Lo primero que veo es una colección de marionetas.

Hasta hoy, yo pensaba que las marionetas eran una verdadera tontería. Las de la señora Chang no representan personas, sino animales. Hay una gata con vestido rojo, y un pollo con botas de hule. Hay muchos perros distintos, algunos vestidos y trajeados y otros con pelaje elaborado y cara interesante. Hay todo tipo de aves, hasta un flamenco con ojos de vidrio que parecen de verdad.

Pero la pared cubierta de marionetas es sólo el principio.

Sigo a la señora hasta la sala, con su piso de madera, pero cada tablón ha sido pintado de un color diferente. Del techo cuelgan más luces de las que hay en toda nuestra casa. Veo un sofá anaranjado y un juego de sillas verde menta alrededor de una mesita hecha de cubiertos. Es como si todos los cuchillos y tenedores y cucharas de la ciudad hubieran sido pegados unos con otros para hacer este mueble. Podría ser peligroso tener esta mesa en casa si fuéramos bebés, porque una caída sobre ella podría acabar en la sala de Urgencias.

No lo puedo evitar y se me escapa una pregunta: "¿Qué pasa aquí?".

La señora Chang se encoge de hombros.

Así es su casa. No hay más explicaciones.

¡Y yo que pensé que ella no era más que una viejita aburrida que mataba el tiempo con sus flores!

Antes de que yo pueda hacer cualquier pregunta sobre las marionetas, los muebles o el búfalo de tamaño natural hecho de botones que alcanzo a ver en el otro cuarto, la señora Chang desaparece por un pasillo.

Regresa con las zapatillas.

Pero esos no son zapatos ni zapatillas comunes y corrientes.

Primero que todo, están hechas de cuero, pero también de una tela de franjas y es anaranjada brillante y azul fuerte. La punta se curva hacia arriba hasta formar un círculo completo.

Ni siquiera me las he puesto y ya le digo: "¿Usted las hizo?".

No me importa si me quedan o no.

Podrá ser que me saquen ampollas o me formen juanetes, que es lo que la abuela Guantecitos dice que le pasó por usar calzado barato cuando era joven, en un clima muy frío.

Quiero esas zapatillas, no sólo para usarlas. Quiero estrujarlas entre mis brazos.

Levanto la vista y se me han salido las lágrimas. Veo a la señora Chang toda borrosa: "¿Las hizo para mí?".

Ella asiente, como si no fuera nada complicado. Pero me doy cuenta de que está contenta porque se sienta en el sofá anaranjado y se acomoda los pliegues de la falda de manera formal.

Me acerco a ella: "¿Es usted una creadora famosa o algo así?".

Se ríe, y luego dice: "Salí unas cuantas veces con uno de los Beatles hace mucho tiempo. Era muy joven. Fue antes de conocer a Iván".

Sé que los Beatles fueron una banda muy importante que cambió la manera de pensar de la gente con respecto a los peinados. Cantaban canciones bastante buenas, porque todavía puede uno oírlas sin desesperarse. Los que nacieron en determinada época, hace mucho, tenían un Beatle favorito de esos cuatro.

Parece absurdo que la señora Chang hubiera salido con uno de esos.

No me la puedo imaginar saliendo al cine o yendo a cenar con alguien. Pero no me interesa su vida amorosa. Ahora estoy fascinada con las zapatillas.

Me dejo caer al suelo, me quito los zapatos deportivos, y con cuidado me pongo la zapatilla izquierda. Levanto la vista para mirar a la señora Chang y tengo que contenerme para no gritar: "¡Me queda!".

Con la segunda no soy tan cuidadosa. Embuto mis dedos contra la punta y ya estoy poniéndome en pie de un salto. Y en ese preciso momento y lugar, sucede: me siento como un munchkin.

Un munchkin de verdad.

Tomo la mano de la señora Chang y tiro de ella para levantarla del sofá y empiezo a cantar mientras la hago girar.

Tengo que reconocer que sabe bailar, y que gira y levanta el brazo al dar vueltas, lo cual es un buen detalle.

Cantamos y bailamos hasta que yo quedo sin aliento y mareada, y me doy cuenta de que es hora de regresar a casa.

ONCE

A mi mamá y a mi papá y a Randy les encantan las zapatillas.

Tim no va más allá de encogerse de hombros, pero eso se debe a que está en "la edad difícil", como dicen mis papás. No sé si eso quiere decir que es difícil para él, o para nosotros, que tenemos que aguantarlo y vivir con él. Tiene su guitarra y su dibujo, y nosotros no somos más que la gente con la que se sienta a la mesa a comer.

Mi mamá dice que estoy acumulando experiencia valiosa sobre los hombres al tener dos hermanos. No le pregunto qué es lo que estoy aprendiendo exactamente, porque en la vida es importante tener actitud positiva hacia el futuro.

Me muero de ganas de ir al ensayo con mis nuevas zapatillas de munchkin. Lo mejor que tienen es que la señora Chang fue muy inteligente y los fabricó a partir de unas zapatillas de ballet. Usó mis zapatos cafés para saber mi talla, y luego consiguió las zapatillas nuevas para que fueran "la base de su obra".

También me explicó que cuando uno está creando algo, es muy útil tener un buen comienzo.

Me parece que es un truco que me quiso enseñar, porque al contarme, lo hizo en voz muy queda.

Me pregunto si preparar pasta a partir de un frasco de salsa para espaguetis comprado en el supermercado, y agregarle vino y hierbas después, es un ejemplo de eso mismo. Mi mamá lo hace. No le pregunto por sus trucos de cocina porque sé que está muy atareada con el trabajo y con tres niños, y si demuestro demasiado interés en cocinar, puede ser que acabe haciéndolo para toda la familia.

Mi amiga Piper está en esa situación porque su mamá trabaja en el aeropuerto, con horarios muy complicados. Mi papá no hace mucho más en la cocina que recalentar y asar a la parrilla. Mi mamá dice que Papá parece de otras épocas en relación con la cocina. A lo mejor quiere decir que es como un cavernícola, porque le gusta cocinar poniendo carne a asar al fuego.

Creo que a Randy le gustaría tener un par de zapatillas de munchkin, pero la señora Chang no dijo nada de hacerle unas a él también, y en este momento siento que ella y yo tenemos un lazo especial.

Además, ella debe estar ocupada con mi disfraz, y sólo dos mañanas después llama a mi mamá y le dice que necesita que vaya a su casa para probarme el gorro.

Tengo que reconocer que he estado esperando esa llamada. Me encamino adonde la señora Chang con mis zapatillas en la mano (son demasiado bonitas para maltratarlas al usarlas en la calle).

No recuerdo haber estado nunca tan emocionada.

La señora me recibe en la puerta, con una enorme caja.

La sigo a la cocina. No había entrado allí antes y se ve tan alocada como el resto de la casa. Parece tener algo especial con las plantas. Tiene ramilletes de diferentes cosas que a mí me parecen maleza, pero deben ser importantes porque si no, ¿por qué iba a tenerlos atados con cordeles de un hilo dorado que cruza el techo de la habitación?

Le preguntaría por esos manojos de hierbas, pero estoy demasiado interesada en mi disfraz, así que me comporto como si todo el mundo tuviera hojas y ramitas con apariencia de patas de araña colgando del techo.

—Oye, Julia, quiero que el gorro te acomode perfectamente porque estarás moviéndote mucho. Déjame ponértelo y después te pediré que corras por toda la cocina para que ver si resiste tantas sacudidas.

Siento que algo me da vueltas por dentro de la pura emoción. Hago todo lo que puedo por no ponerme a saltar en una pata o soltar risitas.

La señora Chang abre la caja y saca... una planta en su maceta.

Y se me escapa una pregunta algo grosera: "Y mi gorro, ¿dónde está?".

La señora Chang se ríe.

Me encanta que se rían conmigo, pero no me gusta nada que se rían de mí.

No sé bien lo que pasa aquí. Lo único que tengo claro es que yo no me estoy riendo.

Y luego ella saca la maceta de la caja y me doy cuenta de que tiene una banda elástica en el fondo. Me entrega la cosa y, tal como diría la abuela Guantecitos, me quedo de piedra (lo cual quiere decir que estoy completamente confundida).

La planta no es realmente una maceta pero se asemeja, y está abierta por debajo. Es tan ligera que no pesa nada. Las flores están hechas de seda o algún otro tipo de tela, porque parecen de verdad, pero no lo son.

Sigo sin entender bien lo que sucede, y entonces la señora me muestra una foto de un munchkin en la película de *El mago de Oz*, y ese personaje lleva puesta una maceta con flores en la cabeza.

Ahora ya entiendo.

Me parece que la presentación que acaba de hacerme la señora Chang no es muy buena. Si hubiera empezado por mostrarme la foto, yo habría entendido todo desde el principio. Sea como sea, ahora ya sé qué está pasando. Me pongo la maceta de mentiras en la cabeza, y se siente como si fuera un gorro.

Corro por la cocina, porque eso era parte de la prueba. Y luego voy a la pared junto a la puerta trasera porque allí hay un espejo y me miro: "¡Es increíble!".

Supongo que la señora Chang sabía que iba a funcionar, porque está sonriendo muy tranquila, y no como si se hubiera llevado una sorpresa.

Y luego me pongo las zapatillas de munchkin y ella me saca una foto con su teléfono. La contemplamos un buen rato, pero creo que cada una está pensando algo diferente. Ella debe estar contenta de ver su obra, satisfecha de poder hacer casi cualquier cosa con sus manos.

Yo miro mi foto y pienso que esta señora es una fábrica de sueños. ¡Y me siento tan afortunada de conocerla!

Después tomamos té en unas tacitas verdes que no tienen asas y comemos un caramelo de miel y semillas de ajonjolí, y la señora Chang pone mi gorro en la caja y me la entrega. Meto allí también las zapatillas.

Hago el camino de regreso a mi casa corriendo, porque quiero que el gorro y las zapatillas queden seguros en mi cuarto.

No le muestro a nadie el gorro.

Supongo que ahora tengo secretos, y decido que eso es señal de que he crecido. Los adultos pueden ser de dos maneras: o lo cuentan todo, o se guardan todo para sí mismos. Siempre he tenido asuntos que no le cuento a nadie.

La tarde llega y mi mamá vuelve del trabajo para llevarnos a "prácticas". Ojalá dijera "ensayos", porque eso es lo que estamos haciendo, según Shawn Barr.

Estamos "en ensayos".

Pero mi mamá no es una profesional del teatro, así que no sabe cuáles son las palabras adecuadas.

Ni ella ni mi hermano me preguntan por qué llevo una caja en el coche cuando salimos hacia la universidad. Mamá va hablando por el teléfono en altavoz sobre los diferentes tipos de astillas de madera que se pueden poner en el jardín para cubrir el suelo. La gente cree que basta con esparcir esas astillas y que las malezas dejarán de brotar, pero están equivocados. Mamá dice que todo el mundo busca la manera más fácil de hacer las cosas. Y sigue hablando de alternativas para cubrir el suelo cuando llegamos frente al teatro, y Randy y yo nos bajamos del coche.

Durante todo el trayecto estuve cruzando y descruzando los dedos para pedir un deseo. Obviamente, yo ya sé que eso no funciona, pero lo hice porque pensé que tampoco haría ningún mal.

Una vez que entramos, nos aguarda una gran sorpresa: ¡Shawn Barr está de regreso!

Lo vemos tendido en algo que parece una mesa de picnic cubierta de cojines. Recorro apresurada el pasillo hasta llegar con él y le digo: "¡Mi deseo acaba de hacerse realidad!".

Shawn Barr me mira sin gota de entusiasmo.

Me imagino que está tomando algo para el dolor porque me responde: "¿Trajiste un sándwich de jamón ahumado?", niego con la cabeza. Parece desilusionarse. A lo mejor pensó que yo era la encargada de entregar algún pedido, pues voy cargando mi caja.

Me doy cuenta y entonces digo: "Traigo parte de un disfraz. Me lo hizo una señora que salió con uno de los Beatles".

No tengo idea de por qué dije lo último, pero Shawn Barr se limita a parpadear y pregunta: "¿Uno de los Beatles? ¿Con cuál?".

Desconozco la respuesta, y creo que no acertaría si dijera "Ringo", que es el único nombre que puedo recordar de los cuatro, porque es bastante llamativo, y porque conozco un perro llamado así, que está siempre en el jardín de la calle Moss.

No contesto la pregunta, pero abro mi caja y saco las zapatillas de munchkin y me las pongo. Y luego tomo el gorro de maceta y me lo encasqueto.

Los otros munchkins que ya han llegado me observan.

Oigo que alguien pregunta: "¿De dónde sacó ella eso?".

Me inclino sobre Shawn Barr para que pueda verme mejor.

Y no me decepciona.

Se endereza un poco sobre su mesa de picnic y grita: "¡ME FASCINA!".

Me siento superfeliz porque mi deseo se hizo realidad totalmente. La primera parte era que nuestro director ya estuviera yendo a los ensayos, y la segunda, que le gustaran mis zapatos y mi gorro.

—¡Charisse! ¡Ven acá que te necesito! —grita Shawn Barr.

Charisse ha estado entre bastidores, o sea, esa zona a los lados del escenario. Parece un poco alicaída, que es una palabra muy buena que hace pensar en un pájaro que no tiene ánimos para abrir las alas del todo y volar. Así se ve, quizá porque ya no es la directora.

—¿Sí, Shawn?

—¡Mira esta maravilla! ¡Necesito todos los detalles! ¡Vestuario a cargo de Adrian!

No tengo idea de qué es lo que está diciendo, así que sólo acoto: "No fue Adrian, sino la señora Chang".

Shawn Barr me responde: "Los disfraces y trajes de la película de *El mago de Oz*, filmada en 1939, los hizo Adrian Greenberg".

No puedo decir más que: "¡Ah!".

Y entonces Shawn Barr mueve la cabeza para ver a los demás munchkins. Sigo su mirada y veo que Olive acaba de llegar, junto con Quincy y Larry. Y nuestro director dice, para que oigan todos: "Todos deberían conocer el nombre de Adrian Greenberg".

—Bueno, ya lo conocemos —digo yo—, y quizás ahora todos deban conocer el de la señora Chang.

Esto hace reír a Shawn Barr, porque le parece gracioso. Así que me río con él.

Debe sentirse mejor porque se endereza un poco más, apoyándose en los codos: "¿Me repites cómo te llamas?", me pregunta en voz baja.

—Julia —susurro—, Julia Marks.

De repente, Shawn Barr alza la voz: "Julia Marks se ha tomado su participación en esta obra con mucha seriedad. ¡Está transformándose en munchkin! ¡Ha demostrado que tiene iniciativa! ¡Es una pionera!".

Me siento genial porque Shawn Barr está verdaderamente orgulloso de mí. Es su primer día en los ensayos después de la caída, y no habría empezado así de bien si yo no hubiera llevado mi gorro y mis zapatillas.

También me pregunto si será el remedio para el dolor lo que lo pone así de alegre.

Me digo que en realidad no importa.

Y entonces Shawn Barr dice: "Quiero hablarles de iniciativa, porque me parece que es algo muy importante. Julia tomó la iniciativa al ir más allá de asistir a los ensayos. Conozco bien el mundo y la vida, y puedo decirles que la iniciativa es mucho más importante que el talento. Es más importante que la suerte también. ¡O que la apariencia!".

Sonrío, pero Shawn Barr ha pronunciado tantas veces la palabra "iniciativa" que empieza a molestarme.

Yo no tomé ninguna iniciativa.

Me limité a ir a la casa de una señora mayor para cortar algunas de las flores de su jardín. Fue ella la que tomó la iniciativa. Mi plan era conseguir unos pensamientos para disecarlos, y ni siquiera llegué a eso por culpa de la dichosa paleta.

Y ahora, de repente, se supone que soy un ejemplo a seguir.

Miro hacia donde está mi hermano Randy. Se encuentra cerca del piano con otros niños que también hacen de munchkins. Agita la mano como para saludarme. Se ve lleno de orgullo. Miro de nuevo a Shawn Barr. Sigue acostado, pero se ha enderezado todo lo que puede, y supongo que lo hace porque está entusiasmado.

Dice: "Acabo de tomar una decisión, a partir de la iniciativa de Julia. ¡Ella será la bailarina principal de los munchkins!".

Quedo paralizada.

¿Bailarina principal de los munchkins?

¿Oí bien lo que dijo? ¿Qué quiso decir exactamente?

No es que cante muy bien, y definitivamente soy incapaz de bailar.

Mamá me metió a clase de ballet cuando tenía seis años, y no funcionó. La abuela Guantecitos dice que en la familia no tenemos buen sentido del equilibrio. Sabe de qué está hablando porque ni siquiera soy capaz de hacer una voltereta. Ya admití que jamás podré. Me cuesta mucho estar patas arriba.

No recuerdo nada de las clases de ballet porque eso fue hace mucho, pero hay una foto mía en uno de los álbumes familiares, y sólo llevo puesta una zapatilla. Tengo una mano en la boca y parece que me la estuviera comiendo.

Hay cinco fotos de Tim cuando iba a clases de karate, y eso sólo duró unas ocho semanas. Creo que yo pasé un año entero con tutú rosa.

De repente, siento los latidos del corazón en mis oídos.

Si verdaderamente tuviera sentido de la iniciativa, debería decirle a Shawn Barr que es una pésima idea eso de ponerme como bailarina principal.

En lugar de eso, mi cara se paraliza.

Muestro los dientes y dejo de parpadear.

Ramón siempre se veía así cuando oía la frase "Hay que bañar al perro".

DOCE

Cuando mi mamá llega a recogernos, no digo ni una palabra.

Abro la puerta de atrás del coche y pongo la caja con mi gorro de maceta y mis zapatillas sobre el asiento. Siempre voy adelante porque soy mayor que Randy y también porque en la tapicería trasera hay todavía pelos de Ramón y podrían pegarse a mi ropa. A pesar de que era el mejor perro del mundo, andar por ahí con pelos de perro en la espalda del suéter no se ve bien.

Pero hoy quiero esconderme, así que me monto al coche y me deslizo hasta quedar detrás del asiento del conductor. Randy se encoge de hombros y se sienta adelante.

Mamá se da la vuelta y pregunta: "¿Qué pasa aquí?".

No respondo.

Randy interviene: "Julia es la bailarina principal. El director la escogió".

Mantengo la cabeza baja, pero sé por el sonido de la voz de mi mamá que está emocionada.

—¿La principal? ¿De verdad?

Me quedo en silencio.

Randy está alborotado: "Julia demostró iniciativa. El director quiere que todos seamos así. Pero ella lo hizo sin necesidad de que se lo pidieran. ¿Qué es iniciativa?".

De repente logro sacar algo de voz y digo: "¿Podemos irnos a casa?".

Mi mamá está a punto de reventar de orgullo con la idea de que yo sea la bailarina principal. No para de hablar de eso en todo el camino a la casa. Procuro no ponerle atención. Cierro los ojos y trato de pensar cómo es posible que yo sea la bailarina principal cuando ni siquiera soy capaz de bailar.

Shawn Barr no se quedó mucho tiempo en el ensayo. Dos señores del personal de eventos especiales de la universidad se lo llevaron. Levantaron la especie de mesa de picnic y lo sacaron, con él ahí tendido.

Luego de que se fue, Charisse quedó nuevamente a cargo, y ensayamos las canciones tratando de hacerlo con voz aguda y chillona. Al final nos dijo que Dorothy y las brujas llegarán el miércoles.

No he pensado mucho en ella ni en las otras, pero Olive está a la expectativa de conocer a Dorothy, y supongo que los demás munchkins también.

Yo estoy demasiado agobiada con mi preocupación por ser la bailarina principal.

¿Las brujas darán miedo?

¿Quién sabrá?

Y a últimas, ¿a quién le importa?

Cuando llegamos a casa, voy a mi cuarto y meto la caja en mi armario. No puedo ni ver el gorro y las zapatillas porque estoy tratando de olvidar que me metí en un buen lío y que todo es culpa de la señora Chang.

Le digo a mi mamá que me duele la garganta y me acuesto temprano. Ni siquiera bajo a cenar, cosa que no está nada bien porque comer bien es importante para el crecimiento y probablemente esté perjudicando mis probabilidades de crecer en los próximos tiempos.

Además, no comer me da un dolor de estómago terrible.

Cuando me despierto, la mañana está soleada, y no me siento para nada mejor.

Y entonces me acuerdo de que en el primer ensayo nos dieron una hojita de papel con el nombre y el teléfono de todos, y decido que hay alguien que podría ayudarme: Olive.

Así que voy a la cocina y la llamo.

—Hola, Olive. Soy yo, Julia Marks, de *El mago de Oz*. ¿Te acuerdas de mí?

—¡Por supuesto, Julia! Claro que te recuerdo, no seas tontita.

Parece que está de buen humor. Será porque ella no es la bailarina principal.

—Oye, Olive, estoy pensando en retirarme de la obra y no ser una munchkin, y quería hablar contigo de eso.

En realidad, escribí esa frase porque he aprendido que a veces estoy segura de lo que tengo que decir, pero cuando llega el momento no encuentro las palabras que debo usar.

Oigo a Olive tomando aire.

—¿Qué dices?

Lo que sigue no lo tengo escrito, así que dejo salir lo que se me viene a la mente: "Estoy demasiado ocupada durante el verano porque tengo que escribirles a mis amigas Piper y Kaylee, y también tengo que leer unos libros que nos dejaron en la lista de lecturas de verano y no leo muy aprisa. Y creo que quiero probar un nuevo peinado antes de que empiecen las clases otra vez y para eso tendré que hacer un poco de averiguaciones".

—Ya veo. ¿Y qué dicen tus papás?

—No les he dicho nada. Pero creo que entenderán. Al menos mi papá. A él no le interesan mucho los musicales. A mi mamá sí. Hasta tiene un disfraz de payaso.

—Oye, Julia, creo que deberíamos vernos y hablar de esto.

De repente siento que estoy a punto de estallar en lágrimas. Consigo responder: "No sé...".

—¿Podemos vernos en Dell Hoff?

Dell Hoff es una heladería, pero también venden vino y cerveza porque está muy cerca de la universidad. Sé dónde queda porque conozco sus helados.

—Estoy muy ocupada. Iba a ordenar mi cuarto.

No es que fuera a hacerlo, pero confío en que suene como una buena excusa. A los adultos les encanta que los niños finalmente se decidan a poner algo de orden.

—Estaré en Dell Hoff a las 11. Allá te veo, Julia.

Asiento con voz muy queda, y cuelgo.

Cierro los ojos y, en silencio y sin ver nada, decido que Olive tendrá respuestas. Ella forma parte de una compañía de teatro. Así nos llamamos: una compañía de teatro. No es que seamos una compañía como la de electricidad, pero producimos obras, que es también una especie de producto. Lo que importa es que en un par de horas le estaré explicando todo a Olive y ella encontrará una salida para mi situación.

Le digo a mi mamá que voy a casa de la señora Chang.

No me incomoda decir esa mentira porque Mamá fue la que creó ese problema al obligarme a asistir a la audición. No sé por qué no le digo simplemente que voy a ver a Olive, aunque probablemente no se opondría para nada. Considero irme en bicicleta, pero no me gusta para nada volver teniendo que subir la colina. Y el pesar que llevo en el alma ya es bastante.

Eso dice a veces la abuela Guantecitos de las personas tristes: "Es tanto su pesar". No sé bien de qué habla, pero me parece que viene a cuento aquí porque suena a algo pesado, una carga dura de llevar.

Me pongo mi blusa campesina, mis shorts de mezclilla y mis sandalias de cuero. Me doy cuenta de que se está convirtiendo en una especie de "uniforme" y que en algún momento voy a necesitar un atuendo diferente. Como no crezco mucho, me acostumbro a la ropa y llego a apreciarla bastante, y tal vez acabo viéndome como un personaje de caricatura. Eso no es algo que se me ocurriría por mi propia cuenta. Papá me dijo alguna vez: "Los personajes de dibujos animados siempre van vestidos igual". En ese momento se refería a camiseta roja de Bart Simpson. Y luego comentó que yo era igual, con mi suéter verde. Dejé de usarlo después de que me dijo eso.

A veces los adultos se comportan como si ser diferente fuera lo mejor de lo mejor. Pero cuando uno actúa de manera diferente, parece que eso los desilusiona.

No creo que mi papá quiera que uno de sus hijos se vista igual todos los días.

Voy a ir a Dell Hoff por la ruta larga, porque no quiero pasar frente a la casa de la señora Chang. Probablemente estará allí haciendo más disfraces increíbles para mí, y aunque sé que lo indicado sería decirle que voy a retirarme de la obra de teatro, no lo voy a hacer sino hasta después del encuentro al que voy. A Olive le quedará muy bien el gorro de maceta y las zapatillas y cualquier otra cosa que la señora Chang se esté inventando en este momento.

Llego diez minutos antes de la hora a Dell Hoff, pero Olive ya está allí. Se sentó en una mesita junto a la puerta de entrada, y veo que la gente la mira al pasar. Tratan de disimular que la están observando, pero me puedo dar cuenta de que no le quitan los ojos de encima.

Se me forma un nudo en la garganta.

Siento deseos de decirle a toda esa gente que Olive tiene un enorme talento para cantar y bailar y, por lo que sé de ella (por ser su pareja en las partes musicales y por la manera en que manejó el accidente de Shawn Barr) es una gran persona.

Siento que se me pone colorada la cara, cosa que sucede cuando algo me avergüenza o me enojo. Creo que en este momento siento ambas cosas a la vez. Quisiera gritar: ¡DEJEN DE MIRAR A OLIVE COMO SI TUVIERA ALGO MALO!

Pero guardo silencio, y en lugar de eso camino hacia la mesa y me siento, y logro decir: "Hola, Olive, gracias por venir".

Ella se limita a sonreír.

Tiene lentes de sol. Se los desliza hacia abajo por la nariz para preguntarme: "¿Quieres un helado? Yo te invito".

Traje un dólar con setenta y dos centavos, porque era todo lo que tenía en mi monedero. Me gustaría pagar los helados de ambas, pero no será posible.

Entramos, y cada una pide una bola de helado de moca con almendras y caramelo en cono. Me parece que es una combinación de sabores fabulosa, y me gusta aún más desde que empecé a tomarme los restos del café de mis papás.

Volvemos a salir, pero en lugar de regresar a la mesa junto a la puerta, me dirijo a una banca que hay a la sombra de un árbol, junto a una de las paredes de la heladería. No pretendo que nos escondamos, pero no me gusta que la gente mire fijamente a Olive al pasar.

Al sentarnos, Olive dice: "No me importa que las personas me miren".

Me imagino que ya vio mis intenciones, pero le contesto: "Se está más a gusto en la sombra. Además, no me puse bloqueador solar".

Olive asiente en silencio, pero probablemente sabe que no es por eso que quise sentarme allí.

Me quedo esperando a que diga algo más, pero no dice nada.

Me imagino que va a hablarme del compromiso y de que encontraré la manera de bailar como Shawn Barr quiere. Supongo que me hablará de ser valiente y también de encontrar fuerza en el mundo que nos rodea.

Me tomo el tiempo con mi helado, y cuando llego al último bocado del cono, Olive sigue sin decir nada. Ni una sola palabra.

Termina de comer, se levanta y dice: "Nos vemos en el ensayo, Julia".

No es una orden y tampoco una pregunta.

Es sólo un hecho.

Así son las cosas.

Inclina un poco la cabeza, bloqueando un rayo deslumbrante de sol. Sonríe, y se da la vuelta para irse.

TRECE

Quiero poner algún recuerdo en mi álbum que me sirva para no olvidar esta mañana, así que al llegar a casa abro una lata de aceitunas que encuentro en la despensa. Vuelco el contenido de la lata en un tazón y lo meto en el refrigerador (y entre una cosa y otra, me como siete aceitunas). Después, le arranco la etiqueta y pongo la lata vacía en el bote de reciclaje. La etiqueta dice:

ACEITUNAS NEGRAS DESHUESADAS – EXTRA GRANDES
PITTED BLACK OLIVES – EXTRA LARGE

Con unas tijeras y mucho cuidado, recorto el papel para quedarme sólo con esto:

OLIVE – EXTRA LARGE

No es broma. Así me siento.

Olive no será de gran tamaño, pero en mi vida es extra grande, extra importante.

Pego el letrero en mi álbum y escribo la fecha en rojo al lado. Ojalá hubiera tomado una servilleta de Dell Hoff, o algo así, porque serviría mejor como recordatorio.

Pero tengo que hacer mi álbum dentro de mis limitaciones.

La señora Vancil pasó buena parte del año anterior explicándonos eso. Decía que la solución a cualquier problema podía encontrarse, al menos en parte, en cinco metros a la redonda de nosotros.

Bueno, quizá no sería la mejor solución, pero sí una que sirviera de algo.

No creo que esto se aplique si uno está en el transbordador espacial con una fuga de oxígeno (que es un sueño recurrente que tengo), o si uno está atrapado en el nivel más bajo del Titanic cuando las cosas se ponen feas. Pero entiendo la idea de fondo de mi profesora. Si uno mira atentamente alrededor, puede encontrar cosas hasta en su propia cocina.

Han pasado apenas dos horas cuando salimos rumbo al ensayo.

En el coche voy nerviosa, pero me siento adelante porque no quiero que Mamá me haga preguntas. Enciendo el radio al subirme y finjo estar muy interesada en la música. No me siento capaz de mantener una conversación, y además se supone que me estoy recuperando de tener la garganta irritada.

No sólo en los carros se usa la música para bloquear los sentimientos. Me parece que en las tiendas, en muchos restaurantes y edificios, y hasta en los elevadores, usan la música para formar una especie de aislamiento. Hay momentos en la escuela en que creo que me iría mejor si la profesora nos dejara oír algo de música, algo agradable, con guitarras y ritmo suave.

Por ejemplo, en la clase de matemáticas. La música de apoyo podría ayudarme con las ecuaciones complejas.

¿Quién no necesita una banda sonora en su vida?

El ritmo de los tambores en el coche funciona porque, para cuando llegamos a la glorieta frente al teatro, ya no me preocupa tanto ser la bailarina principal. La música se me metió en la cabeza y me alejó de esa angustia.

Además, decidí que tal vez eso de ser bailarina principal no es nada raro, y sí es un honor. Como ser capitán del equipo.

Hay un montón de personas por ahí con títulos sin mayor significado.

En la escuela existe el "alumno del mes". Nunca me han escogido para eso, pero me parece que no quiere decir nada. No sirve para que de repente uno pueda llegar media hora más tarde a la escuela o que le den pizza especial para el almuerzo.

Dejé mi gorro y las zapatillas en casa para no llamar tanto la atención con eso de ser la persona que mostró "iniciativa".

Al entrar, veo a Shawn Barr tendido en su mesa de picnic, pero ahora la pusieron a un lado y no en el centro del escenario. No me saluda de ninguna forma especial, cosa que me tranquiliza.

Una vez que estamos todos (menos Nebraska Moonie, que se intoxicó por comer arroz con camarones), Shawn Barr nos habla a través de su megáfono. Es uno de esos en los que uno aprieta una especie de gatillo, y su voz empieza a oírse como la de la patrulla guardacostas.

Esperaría que gritara "¡Hombre al agua!".

En lugar de eso, dice "¡Todos al escenario!", y parece igual.

Me quedo junto a Olive, que ahora es como mi ancla.

Shawn Barr no va a tocar el piano por su estado, pero hay una nueva persona que va a encargarse de eso. Tiene partituras, cosa que Shawn no tenía, y ahora caigo en la cuenta de que debía saberse de memoria todas las notas. No puedo creer que nunca antes me lo pregunté. Sé lo difícil que es tocar el piano, incluso cuando uno tiene al frente las partituras, como un mapa para indicar lo que tiene que hacer.

La pianista toca las teclas para la primera canción y empezamos a hacer calentamiento de voz. Supongo que no nos oímos mal porque Shawn Barr dice: "¡Muy bien, todos de pie! ¡A sus lugares!".

Olive y yo vamos a nuestra marca y aguardamos. Shawn Barr da la señal para que el piano comience con el primer baile que supuestamente ya sabemos. Es increíble cuán rápido olvido estas cosas. Trato de repetir en silencio: "Pie izquierdo, pie derecho, vuelta, patada, al frente, atrás, brazo derecho arriba, brazo izquierdo abajo".

Y luego me pierdo.

Me da gusto ver que no soy la única que está en problemas.

Shawn Barr dice: "Muy bien. Probemos de nuevo. Deben seguir la coreografía, pero también saquen algo de intuición en su expresión corporal".

Es demasiado pedir.

Trato de anticiparme pero no lo consigo.

De repente, oigo a Shawn Barr que dice: "Julia Marks: como tú eres la principal, ¿podrías situarte al frente?".

Mis piernas se convierten en espaguetis cocidos que no me sostienen.

Y también oigo un zumbido, como si tuviera mosquitos atascados dentro de los oídos.

Olive sale al rescate, porque la oigo preguntar: "Como soy su pareja, ¿debo ir al frente también?".

Shawn Barr asiente: "Claro que sí".

Olive está muy cerca de mí, y me susurra: "Sigue mis pies y no más. No pienses en nada más, sólo en mis pies, Julia".

Asiento en silencio, porque mi garganta no funciona y no creo poder hablar. Pero supongo que sí puedo caminar, pues me encuentro junto a Olive, en la parte delantera del escenario.

Shawn Barr dice: "Sigan a estas bailarinas. No hace falta que se preocupen por cantar bien. Ahora lo que nos importa es aprender a moverse juntos, y luego, encontrar el ritmo".

Olive me mira a los ojos, me habla con voz suave: "No te anticipes. No hace falta que recuerdes lo que viene después. Basta con que copies lo que hago".

He copiado a otros antes.

No está bien copiar del examen de ortografía de un compañero, aunque confieso que lo he hecho unas cuantas veces.

Pero esto es otra forma de copiar. Es imitar como un espejo, como nuestro ejercicio de actuación del primer ensayo.

La música empieza y mantengo la mirada puesta en los pies de Olive, como si no existiera nada más en el mundo que sus tobillos y dedos. Me olvido de que estoy en el escenario, y de que los demás munchkins, Shawn Barr y Charisse me están observando. Ahora no me debe importar nada más que lo que hace Olive.

Y antes de que me dé cuenta, la canción ha terminado y oigo algo más.

Aplausos.

Shawn Barr nos alienta: "¡Así está mucho mejor!".

Olive busca mi mano y me da un apretoncito. Siento como si hubiera corrido una vuelta entera a la pista de atletismo de la escuela, y mi cara está caliente. El zumbido en mis oídos se oye menos. Y luego Shawn Barr dice: "¡Una vez más!".

El zumbido empeora.

El piano vuelve a empezar, y otra vez copio a Olive. De alguna manera, esto continúa por días y días, o eso me parece, y luego estas palabras salen del megáfono: "Hagamos una pausa, y al regreso trabajaremos sólo en cantar".

Es lo mejor que he oído hasta ahora.

Nos sentamos.

Me gustaría tenderme de lado, bien acurrucada, con las rodillas contra el pecho. Si tuviera una cobija o algo para usar de almohada, me quedaría dormida en menos de dos minutos.

Pero no hemos terminado. Nada más bajamos el paso.

El truco al cantar es parecer que lo estuviera haciendo a todo pulmón, cuando en realidad canto suavemente. De esa manera, mi voz se mezcla con las de los demás, que sí cantan con buen oído. Me sé la letra, porque me acuesto a dormir oyendo la melodía, y me levanto casi tarareando algo del camino amarillo.

Shawn Barr quiere que cantemos de manera que suene más agudo. Randy lo hace muy bien y puedo distinguir su voz, a pesar de que somos treinta y nueve en escena.

Supongo que Shawn Barr también lo oye porque dice: "Voy a asignarles sus papeles hoy. Hay partes en solitario, como el alcalde del país de los munchkins, el juez, y los tres miembros del gremio de los pirulines. Quincy será el juez".

Miro a Larry porque sé que él querría un papel especial. Libero el aire de mis pulmones cuando oigo que nuestro director dice: "Larry será uno de los muchachos del Gremio de los pirulines, junto con Jared Nast y Miles Breck".

Larry alza los brazos por encima de su cabeza como si acabara de ganar un gran premio. Jared Nast y Miles Beck sonríen.

Shawn Barr sigue: "Quiero que Randy Marks se encargue del papel del alcalde".

Le hago un guiño a mi hermano (aunque no sé guiñar el ojo muy bien y siempre parece que tuviera una basurita ahí dentro). Parece contento, pero no mucho más que de costumbre. Quizá ya sabía que iba a ser el alcalde. No hablo mucho de la obra con él cuando estamos en casa. Ambos andamos muy ocupados.

De repente me doy cuenta de que no hay un papel especial para Olive.

Debe haber un error.

Shawn Barr continúa: "Está además la Liga de las canciones de cuna, que serán tres niñas: Desiree Curtis, Sally Etel y Nina Slovic".

Estoy sentada junto a Olive y puedo percibir su decepción. Su cuerpo es un amasijo de nudos.

Y entonces, Shawn Barr dice: "Una última cosa: he decidido escoger a algunos de ustedes para hacer también de monos voladores. Ya tenemos un grupo de muchachos que vienen desde Cleveland, pero necesitamos que el equipo de tramoya empiece a trabajar en todo el sistema de suspensión. Mis monos voladores adicionales serán Olive Cortez y Julia Marks".

¿Un mono volador?

¿Oí bien?

¿Nosotras dos?

Olive se inclina hacia mí y está emocionada, pero se esfuerza por contener la voz: "¡Vamos a tener dos papeles! ¡Es fabuloso!".

Junto mis manos en un aplauso de total entusiasmo, y todos voltean a mirarme. Supongo que tengo cualidades de líder, porque de repente todos los demás empiezan a aplaudir.

Y Shawn Barr dice: "Perfecto, ¡que nuestros artistas protagónicos se hagan oír!".

Eso es lo que somos: artistas protagónicos.

Shawn Barr nos dijo hace poco que la autoestima es fundamental para una buena interpretación, y que, aunque las palabras actor o actriz están bien, prefiere que digamos artistas siempre que podamos: "Aquí no estamos en un curso para payasos", dijo.

Para mis adentros, pienso que eso de curso para payasos suena muy divertido, pero entiendo lo que estaba queriendo decir. Me pregunto lo que Shawn Barr pensará del traje de payaso de mi mamá.

No puedo creer la rapidez con la que cambian las cosas en el mundo del teatro.

Esta mañana yo estaba lista para retirarme y pasar el resto del verano pensando en qué escribirle a Piper en una carta, y ahora me doy cuenta de que he sobrevivido todo un ensayo como bailarina principal e incluso me dieron otro papel. ¡Voy a figurar en otras partes del espectáculo!

Eso es lo que estamos haciendo: un espectáculo. Me siento como si fuera a explotar por dentro, porque mi estómago da una especie de brincos.

Shawn Barr habla nuevamente por el megáfono: "Podemos dar por terminado el ensayo para casi todos los participantes, a excepción de los papeles protagónicos que acabo de enunciar. Por favor repasen la letra de las canciones esta noche en casa y trabajen en su dicción. Algunos de ustedes están teniendo problemas al pronunciar las palabras y el público no va a comprender. ¡A practicar, practicar y practicar!".

Los demás niños munchkins se van, y voy a ser muy sincera y a reconocer que no veía la hora de librarme de ellos. Ahora nosotros, los protagónicos, podemos acercarnos a Shawn Barr, y así él no tiene que usar el megáfono. Me parece que está contento. Sé que yo sí lo estoy.

Pregunta: "Quincy, tú eres el juez. ¿Puedes imitar el acento irlandés?".

Quincy se endereza y saca el pecho para decir: "¿De dónde lo quiere? Puedo hablar con acento de Kerry, de Limerick, de Donegal o Belfast, de Derry, o de los condados de Claire o Cork".

Dice cada uno de esos nombres con acentos diferentes, y yo no sé de qué está hablando, pero me deja muy impresionada.

Shawn Barr asiente: "Que sea irlandés a secas".

Quincy cierra los puños y hace una serie de rápidos golpes de boxeo, como si estuviera golpeando a un rival imaginario. Supongo que tiene que ver con la fama de boxeadores que tienen los irlandeses. Me parece gracioso, pero Shawn Barr no le hace caso.

Las siguientes indicaciones van para Randy. Charisse le entrega una hoja de papel con la letra, pero resulta que mi hermano ya se la sabe y empieza a cantar y suena perfecto.

Shawn Barr hace un gesto de asentimiento cuando Randy termina y dice: "Estás a la altura de las circunstancias. Hablando de altura, ahora hazme un favor y trata de no crecer ni un pelo en el próximo mes. Si te estiras un poquito más, serás demasiado alto para hacer este papel".

Randy le sonríe como suele hacerlo, con expresión soñadora y con lo que la abuela Guantecitos llama "estar prendado de sí mismo". Nunca entiendo bien la expresión. ¿Es "prendado" u "prendido"? Ninguna de las dos tiene mucho sentido.

Shawn Barr repasa las canciones de los demás, y explica que las niñas de la Liga de las canciones de cuna deben venir con zapatillas de ballet, caminando de puntas, lo cual no es un problema para ninguna de las tres, porque ahora me entero de que todas son bailarinas.

Así que me imagino que era algo que ya estaba decidido desde antes.

Me pregunto por qué no son ellas las bailarinas principales. Todas sonríen, y me parece que se ven más coordinadas de lo que se veían hace unos momentos. También me doy cuenta ahora de que, comparadas con el resto de nosotros, son diminutas.

Interesante.

Son unas niñas muy agradables, y voy a tener que conocerlas mejor. El problema es que la amistad siempre implica decisiones, porque uno no se puede sentar con dos grupos a la vez.

En este momento prefiero estar con Olive, Quincy y Larry, porque tienen más cosas que enseñarme sobre el mundo.

CATORCE

Shawn Barr les dice a los demás protagónicos que ya pueden irse, y Olive y yo debemos quedarnos.

Mi hermano Randy dice que me esperará afuera, en la glorieta. Larry y Quincy parece que quisieran quedarse, pero Shawn Barr los despide.

Un par de jóvenes que hemos visto por ahí cargando cosas y moviendo luces, se aparecen de repente, y hay uno más junto a ellos. Debe ser el jefe, porque Shawn Barr sólo habla con él.

Se llama Gianni. Nadie menciona su apellido. Shawn Barr explica que Gianni es quien está a cargo de la parte técnica de la obra.

Gianni nos mira. Sonríe al saludarnos: "Es un placer conocerlas. ¿Cuánto pesan ustedes?".

Me quedo mirándolo y no respondo a su pregunta.

En realidad, no tengo idea de cuántos kilos peso porque no me subo a la báscula con frecuencia. No he crecido mucho últimamente, así que deduzco que peso lo mismo que la última vez que me pesé. Sólo que ahora no recuerdo cuánto era.

Los números no se me graban. Vienen y van.

Olive es de mi estatura, pero tiene más curvas. A lo mejor yo debía decir que peso lo mismo que ella menos unos tres kilos, por la diferencia de cuerpo.

Pero Olive también permanece en silencio. No respondemos. Nada más miramos a este nuevo tipo.

Gianni está peinado con una coleta.

Su abundante pelo está recogido con un elástico rojo. Y puede ser que mi mirada fija en su coleta lo haga pensar en ella, porque de repente se quita el elástico y libera sus largos rizos.

Me gusta como se le ve el pelo así, pero no se lo digo porque acabamos de conocernos. Dice: "Me parece que por hoy debíamos empezar viendo si los arneses les quedan bien".

Como ninguna de las dos respondió cuánto pesaba, tal vez él decidió que era una pregunta descortés y, por eso, trató de seguir adelante.

Y antes de darme cuenta, los otros dos traen una cosa que parece un manojo de cinturones de seguridad y correas.

Gianni se voltea hacia mí y dice: "Empecemos con Baby".

Y aquí viene algo verdaderamente extraño: no me molesta que me llame Baby. Me gusta. Contesto: "¡Baby está lista!".

Olive sonríe.

Shawn Barr mira desde su mesa de picnic y dice a gritos: "¡Baby está lista!".

Me doy cuenta de que se cruzan miradas entre todos, y sé, de alguna forma, que de ahora en adelante siempre seré Baby para ellos.

Gianni sostiene los cinturones y me señala un par de lugares para meter las piernas. Mira a Shawn Barr mientras explica: "Vamos a tener que dejar cierto margen para el peso de su disfraz, y una vez que tengamos el ángulo de suspensión, podemos hablar de la desaceleración y la coreografía. Así a simple vista, diría que pesa menos de un cuarto de la carga máxima".

No tengo la menor idea de lo que Gianni está diciendo, pero suena muy profesional.

Una vez que he pasado las piernas por entre las correas, Gianni toma otra de las tiras y la engarza en un gancho que no puedo ver, justo en medio de mi espalda. Otras dos correas me pasan por las axilas. Y también se enganchan en la parte de atrás.

Gianni pregunta: "¿Cómo se siente esto, Baby?".

No sé si debo decir la verdad, que es que me siento como una mosca atrapada en una telaraña. A pesar de que puedo mover brazos y piernas, estoy toda amarrada.

Sólo sonrío y digo: "¡Baby se siente genial!".

Ahora le toca a Olive, y Gianni le ayuda a engancharse en su propio manojo de correas. Su voz se oye diferente cuando le habla a Olive, me doy cuenta: "Estos arneses van a tener almohadillas, una vez que podamos determinar tu talla".

Olive asiente. Su cara se ve feliz, especialmente sus ojos.

Me pongo a pensar que si no fuéramos las dos de pequeña estatura no tendríamos esta increíble oportunidad de participar en la función. Además, no estaríamos trabajando con Gianni y, por la cara de Olive, parece que eso también es increíble.

Una vez que tenemos bien puestos los arneses, que, según Gianni, se llaman arnés de un solo punto, aparecen los otros dos para sujetar cables en los ganchos que tenemos en la espalda.

Shawn Barr está recostado con la cabeza en su almohada, y le pasa algo por la cabeza que hace que arrugue toda la cara: "Baby es menor de edad. ¿Sus papás firmaron la autorización?".

Charisse empieza a buscar entre sus documentos del portapapeles.

Respondo a gritos: "Yo traje todos los papeles el primer día. Mi mamá los imprimió y firmó todo".

Parece que eso es suficiente.

Creo que, debido a que él se cayó de la escalera, está más preocupado de que haya otros accidentes.

Pero Gianni se acerca a nosotros y nos dice: "No se preocupen, señoritas, están en buenas manos. Supervisé a los tramoyistas de una temporada de *Peter Pan* en San Francisco, que duró tres meses corridos".

Sonrío. No entiendo bien eso de los tres meses corridos. ¿Acaso pasaron tres meses corriendo, disfrazados de Peter Pan? Pero si Gianni estaba a cargo de ese grupo, algo debe saber.

Lo siguiente es que Gianni, con una sola mano, me levanta alzándome por el gancho que tengo en la espalda. Todas las correas se tensan, y tengo que controlar mi instinto natural que quisiera gritar "¿QUÉ ESTÁS HACIENDO?".

Y también tengo que contenerme para no gritar "¡GUAU! ¡QUÉ FUERZA TIENES!".

Abro los brazos como si fueran alas de avión, e inclino mi cuerpo, primero hacia la izquierda y luego hacia la derecha.

Es una maravilla.

Shawn Barr se apoya en un codo y exclama: "Baby nació para volar".

Entonces, Gianni engancha un cable al garfio, y yo miro cómo los otros dos se acercan. Ambos tienen guantes y sostienen el otro extremo del cable, que sube y se enrolla en algo que no veo desde aquí abajo.

Gianni explica: "Hay contrapesos arriba, Baby, allá en las galerías de tramoya, donde se organiza toda la parte técnica".

Contrapesos, galerías, tramoya. No entiendo nada de eso, y decido no preguntar. Sé que no existen las preguntas tontas, pero no me parece el momento adecuado para enterarme del significado exacto de este vocabulario de teatro.

Justo por encima de mi cabeza, el hombre que está en la galería de tramoya hace algo y oigo que dice: "Todo listo. Cable enganchado".

Los dos tipos del escenario miran hacia arriba. Uno de ellos dice: "Un momento".

Gianni asiente y explica: "No quiero establecer una marca, sino levantarla un poco".

Los dos tipos entienden. Olive mira y me doy cuenta de que no parpadea, lo cual indica que no quiere perderse ni un detalle de la acción.

La voz de Gianni suena tranquila en mi oído: "Voy a soltarte, Baby", y luego: "¡Prepárate para el tirón!".

Siento cómo su mano deja ir el gancho, pero permanezco en el aire y luego me elevo un poco más. No es que esté volando exactamente. Se asemeja más a estar colgada, y por un momento me siento como un pescado. Alguien puso un gusano en un anzuelo, y yo me tragué la carnada completa. Pero no me están jalando para subirme a una lancha en la que hay un hombre con un garrote, sino que me estoy meciendo en el aire.

Sigo con los brazos extendidos, y grito hacia los que están abajo: "¡Soy un mono volador!".

Shawn Barr me responde a gritos: "¡Pero si los monos no vuelan, Baby!".

Me sorprende oír mi respuesta: "¡Pues éste sí!".

Tengo una vista completa de todos los que están abajo, y se ríen. Me doy cuenta de que es la primera vez que veo el mundo desde este punto de vista.

Todos miran hacia arriba para verme.

La abuela Guantecitos dice que uno se pasa la vida aprendiendo lecciones, y que, si no las aprende a la primera, la siguiente prueba será más difícil.

Ésta es la lección que aprendo ahora: que una misma cosa puede ser lo peor un día, y al siguiente, ser la cosa más maravillosa.

Y yo, que estaba preocupada por tener que bailar, ahora estoy aprendiendo a volar.

Pero claro que no podré hacer esto en donde vivo, pero tengo la impresión de que por siempre soñaré con estar suspendida en el aire, moviéndome.

No voy a necesitar pegar nada en mi álbum para recordar este día.

Luego de que nos han levantado en los arneses de distintas formas a Olive y a mí, todos tenemos ya cierta idea de cómo funcionará el asunto. No nos mostramos asustadas ni vomitamos ni hacemos nada poco profesional mientras estamos en las pruebas de vuelo.

No tengo idea de cuánto tiempo nos toma todo eso, porque estoy tan emocionada que mi reloj interno deja de funcionar. En algún momento, Shawn Barr dice: "¡Ya podemos terminar! Hemos tenido a las chicas aquí demasiado tiempo".

Nos bajan al escenario y pienso que todos estarán de acuerdo en que fue un excelente primer ensayo de monos voladores.

Nos quitamos los arneses, y Gianni dice que nos veíamos muy cómodas con toda la "parafernalia". Después nos da la noticia de que estaremos participando en los ensayos nocturnos, que no son los mismos que los de los munchkins. Debo decirle a Mamá que tendré que quedarme más tiempo que Randy.

Soy dos años mayor que él, así que puedo hacer este esfuerzo adicional.

No veo la hora de contarles esto a Piper y a Kaylee, aunque hasta ahora no le he mandado ni una carta a Piper al campamento, y Kaylee sigue en su tour por estadios de beisbol.

Cuando Gianni termina, Olive me dice al oído: "Ahora podemos poner esto en nuestro currículum. Se va a ver muy impresionante".

Hago un gesto para asentir, pero no tengo currículum.

Cuando tenga uno, lo pondré en mi álbum. Quizá también ponga el de Olive. Y el del hombre y la mujer que trabajan arriba del escenario. Nos dijeron que se llaman Toby y Flynn. Me suenan a nombres de perros, y, desde ya, me agradan.

Antes de que nos despidamos, Gianni toma una cinta métrica para tener una idea del largo de mi espalda y mis piernas. Por primera vez noto que Olive tiene brazos y piernas muy cortos. Somos exactamente de la misma estatura, pero mis brazos y piernas son más largos que los de ella. Y entonces me doy cuenta de que es eso lo que la hace ver diferente. No es sólo el hecho de que mida uno con cuarenta y cinco. Supongo que hubiera podido ver eso antes, pero ahora los datos que da la cinta métrica me lo indican. Suelo pasar por alto muchas cosas que saltan a la vista.

Gianni anota todo lo que necesita y luego dice: "Gracias, señoritas. Fue un primer ensayo fantástico".

—Gracias, Gianni. Contigo estamos en buenas manos—respondo.

Y todos los demás ríen. Pero yo estaba hablando en serio, y también trataba de sonar como adulta.

No les digo la verdad: "Fue superemocionante, pero también superaterrador, y el arnés no es muy cómodo que digamos. Además, ojalá alguien me hubiera preguntado si tenía que ir al baño antes de que me elevaran por los aires".

QUINCE

Olive y yo nos damos vuelta para irnos, pero Shawn Barr nos llama. Se nota cansado, porque dirigir una obra mientras está uno acostado es pesado.

Dice: "Baby, tenemos un diseñador de vestuario para la obra. No es un Adrian Greenberg, como el de los disfraces de la película *El mago de Oz*, pero sabe usar la máquina de coser".

Sonrío porque cada vez me va gustando más el apodo Baby.

Sigue: "Esa señora que te hizo los zapatos y el gorro de maceta, cuéntame más de ella".

No respondo de inmediato porque es una pregunta complicada. Además, no sé sobre ella. No puedo decir mucho: "Vive en la misma calle que yo".

Shawn Barr cierra los ojos y supongo que organiza sus ideas. Los abre y dice: "Estoy pensando en que tal vez tu amiga quiera colaborar. Hay un presupuesto asignado para vestuario, y podemos apartar algo de dinero para una especialista. Los trajes de los monos voladores pueden ser su comienzo".

No tengo la menor idea de qué irá a decir la señora Chang de todo esto. Me imagino que justo ahora estará trabajando en el resto de mi disfraz de munchkin. ¿Se pondrá contenta al enterarse de eso? ¿Cómo voy a saberlo?

—¿Tal vez Olive podría acompañarme?

A Shawn Barr parece que le gusta la idea porque dice: "Sí. Puede ser mejor proponerle en persona que por el teléfono. Y en mi situación actual, sería difícil ir a visitarla. Nombro a Olive como mi representante".

Olive se queda callada.

Sigo su mirada. No ha dejado de observar a Gianni, que se subió por una escalera y está haciendo algo con los cables. Creo que es muy talentoso.

—Sería genial que Olive y también Gianni fueran conmigo a casa de mi vecina. Si la señora Chang quiere cooperar, tendrá que saber desde el principio cómo manejar lo del gancho en la espalda, y él es el experto en esa parte.

Olive asiente convencida: "Sí, qué buena idea, Julia".

Shawn Barr se encoge de hombros: "Gianni está en la nómina. Muy bien. Que vaya".

Me doy cuenta de que Olive está feliz.

—Voy a llamar a la señora Chang para arreglar una cita —y con eso cierro el tema.

La verdad es que tendré que pedirle a mi mamá que lo haga. Yo no soy más que una niña. Hay demasiada información que debería escribir.

Y entonces añado: "Le traeré noticias del plan, Shawn Barr. Puede contar conmigo".

Nuestro director sonríe. No lo hace a menudo y, cuando lo hace, la cara le cambia por completo. Hace que le brillen los ojos. Ojalá sonriera todo el tiempo, porque se ve muy bien.

Siento que ha llegado el momento de hacer la pregunta que me ha estado rondando en la mente: "¿No es demasiado para mí ser la bailarina principal y también un mono volador? Tal vez le debían dar la parte de baile a alguien con...", mi voz se pierde.

Shawn Barr mueve la cabeza. No dice que sí ni que no: "Tu tarea es dar ejemplo. Nada más. Muéstrales a los demás niños cómo se hace esto".

Contesto sin poder levantar la voz: "Está bien. Pero no creo que yo sea la mejor con los pies".

Shawn Barr ríe: "Pero le pones el alma, Julia, y eso es lo que importa".

Levanta su enorme cuaderno y añade: "Puedes echar un vistazo a mis notas de vez en cuando. Así te enterarás de cosas que sólo sabemos los que trabajamos en esto. ¿Qué te parece?".

Gianni baja por la escalera y me doy cuenta de que ha estado siguiendo la conversación. Levanta una ceja: "No hay por qué preocuparse, Baby".

Shawn Barr me guiña un ojo y dice: "De acuerdo. Eres una muchachita sensacional".

Nadie nunca ha dicho eso de mí antes, y me hace sentir muy bien. Quisiera que mi hermano menor estuviera todavía en el teatro, para poderle contar a mi familia de esta conversación. Pero está afuera y, probablemente, cantando.

Quiero mostrarle a Shawn Barr que ha tomado una buena decisión al confiar tanto en mí, así que le digo: "Ninguna otra persona había logrado hacerme dejar de pensar en Ramón".

Apenas lo digo, me parece que cometí un gran error. Espero que no me pregunte de Ramón porque creo que, si me toca hablarle de él a personas que no lo conocieron, voy a llorar.

Pero hoy estoy de suerte porque se limita a asentir, y luego aparecen dos tramoyistas y se lo llevan en su mesa de picnic. Los tramoyistas mueven cosas. Me pregunto si habrán firmado un contrato para mover al director de un lado para otro. Supongo que cuando uno es tramoyista, tiene que mover cualquier cosa que haya dentro del teatro.

Olive se despide de Gianni diciendo adiós con la mano.

Yo hago lo mismo.

Nos damos la vuelta y caminamos hacia la puerta trasera, y es ahí que Olive me pregunta: "¿Quién es Ramón?".

Contesto: "Era mi perro. Se murió el 14 de mayo. ¡Qué bueno que no fue el 14 de febrero, porque entonces jamás en mi vida tendría un buen día de san Valentín!".

—Se le da demasiada importancia al día de San Valentín —dice Olive.

No sé qué quiere decir, pero respondo: "Sí, totalmente de acuerdo".

Afuera, mi mamá está esperando en el coche.

Puedo ver en su cara que lleva aquí ya un rato.

Randy está en el asiento de adelante, y, aunque eso no está bien, me siento tan feliz de ser un mono volador que no digo nada. Me volteo para darle un abrazo a Olive, y le digo: "Voy a organizar una cita para llevar a Gianni a ver a la señora Chang".

Olive asiente: "Me llamas para contarme el plan", y se aleja por la acera. Es posible que vaya dando brinquitos, que sería un poco extraño porque es una persona adulta, pero como tiene el tamaño de un niño, eso tal vez le da libertades adicionales. Lo primero que hago, una vez que ella se va, es sacar a Randy del asiento de adelante y ocupar mi lugar al lado de mamá.

Después le explico de los monos voladores y también que tengo que ir a los ensayos nocturnos. Y todo lo que mi mamá dice es: "¿Y eso es seguro? De sólo pensar que estás ahí colgada de cables... No sé...".

—¡Claro que es seguro! —exclamó—. Gianni estuvo a cargo de los Peter Pan que corrieron durante tres meses en San Francisco, y ahora está aquí porque es un experto.

Desde el asiento trasero, Randy dice: "¿Quién es Gianni?".

—El que sabe todo lo de volar. Nos puso a Olive y a mí en arneses de un solo punto.

Randy hace un gesto como si supiera de qué estoy hablando. Tuve puesto un arnés de un solo punto y ni siquiera sé qué es lo que eso significa.

Entonces, Mamá dice: "Uno pensaría que se le debía consultar a los papás en un caso como éste. Entiendo que no haya problema con tu amiga...".

La interrumpo, cosa que no es de buena educación: "Olive. Se llama Olive".

Mamá sigue: "Puedo entender que pongan a Olive en ese papel porque ella es adulta. Pero tú eres una niña".

No me gusta cómo se oye eso, pero necesito que ella entienda lo importante que esto es para mí. Trato de evitar que mi voz suene aguda y chillona, lo cual suele suceder cuando estoy de mal humor.

—Es totalmente seguro —digo—. Y me preguntaron si habías firmado los papeles y lo hiciste; los entregamos el primer día.

Mamá no se da por vencida: "No sabía que la autorización significaba que podían poner a mi niña a volar por los aires".

Randy interviene: "¿Fue eso lo que hicieron?".

—No, no fue eso lo que hicieron. Hay tres personas en el piso y dos más en la parte de arriba del escenario, la galería de la moya, y Gianni me sostenía con un cable. Shawn Barr lo dirigía todo, y él es un súper profesional de Pigeon Forge.

Debí sonar convincente, porque Mamá se calma un poco.

Va soltando el aire lentamente, y luego dice: "Bueno, supongo que no entendí en ese momento. ¿Y te gusta? ¿Es lo que quieres hacer?".

—Es TODO lo que quiero hacer. Por toda la eternidad.

No sé bien porqué agregué lo último.

No soy el tipo de persona que piensa mucho en el futuro. Sé que no me gustaría que me estuvieran levantando de un lado para otro en ese arnés por el resto de mis días, pero si eso significara estar con Olive, Shawn Barr y ahora también con Gianni, entonces tal vez sí pensaría en una carrera de acróbata colgada de cables.

Lo que me gusta es que me llamen Baby, pero con dulzura, como si yo fuera especial.

Y entonces, es como si se me prendiera un foco en la cabeza, y recuerdo que la señora Vancil siempre estaba hablándonos de nuestro potencial. Miro a Mamá y trato de sonar tan decidida como puedo: "Me parece que formar parte de este grupo de teatro y, sobre todo, hacer dos papeles, y aprender a hacer acrobacia y a volar me ayudará a alcanzar todo mi potencial".

Con eso, me anoto un jonrón. Así como en el beisbol dicen que eso se sabe por el sonido del golpe del bat contra la bola, yo lo sé por el ruido que hace mi mamá al tomar aire, como un jadeo de asombro.

Mamá frena en seco, a pesar de que no hay un semáforo en rojo ni tampoco una señal de alto. Nos sacudimos con una especie de azote. Ella me mira y noto algo en sus ojos que me indica que tal vez ha estado preocupada por mí. Veo una especie de alivio en su mirada.

—Muy bien, Julia —dice ella—. Eres un mono volador.

Cierro el puño y lo levanto en el aire. ¡Sí, me anoté ese tanto!

Estoy tan contenta que grito: "¡Sí! ¡Soy un mono volador!".

En el asiento de atrás, Randy se acerca hacia el frente y declara con total naturalidad: "Y yo soy el alcalde de la ciudad de los munchkins".

DIECISÉIS

La cena comienza con Mamá anunciándoles a todos que estoy aprendiendo a volar.

Es la primera vez que mi hermano mayor, Tim, participa en la conversación en años, según mi impresión, aunque probablemente la última vez fuera hace unas cuantas semanas. Parece interesarle como me moveré en el aire.

Su primera pregunta es: "¿El arnés te lastima en la entrepierna?".

Niego con la cabeza, aunque lo cierto es que la parte interna de mis muslos y también las axilas están un poco adoloridas por las correas.

Detesto la palabra "entrepierna".

Hay una serie de palabras que no soporto, y no sé si es por la palabra en sí o por su significado. Un ejemplo es la palabra "pubertad". No es una palabra divertida desde ningún punto de vista.

Tampoco me gusta "mucosa".

Evito usar esas palabras, y lo bueno es que hay muchas maneras de decir lo mismo. Quizá por eso es tan importante el lenguaje. A lo mejor fue por eso que se inventó.

No tengo una palabra favorita o una letra preferida, pero si tengo una que es la menos preferida: la letra E. Es una letra odiosa. Es la inicial de "excelente", y casi nunca me ponen un excelente en la escuela. Tal vez eso fue lo que me hizo tenerle odio a esa vocal. Un par de ejemplos de palabras con E son "erizo" y "entrometido". Las personas entrometidas no me caen bien. La señora Vancil le dijo a Simone Busching que no se entrometiera en los asuntos de Poppy Ruff, que era la niña recién llegada a la escuela el año pasado.

Ahora, en la cena, pido repetir espaguetis, que estamos comiendo en los platos azules con divisiones. Eran de la abuela Guantecitos, pero en algún momento ella dijo: "De ahora en adelante, sólo voy a cocinar para mí. Llévense esos platos".

Pensé que era una broma, pero ella hablaba muy en serio, porque ahora tenemos siete de esos platos. El juego tenía ocho, así que deduzco que ella se quedó con uno.

Tim hace un montón de preguntas sobre mi vuelo, y no vuelve a usar la palabra "entrepierna", lo cual le agradezco.

Me pregunto si desearía no ser tan alto, pues eso le hubiera permitido ir a la audición para la obra de teatro, porque dice: "A lo mejor voy a verte de munchkin-mona".

Mamá lo mira como si hubiera llegado del espacio exterior. Le dice: "Pero claro que vas a ir a ver a tu hermana y a tu hermanito. ¡Es el montaje teatral del verano!".

Tim levanta la vista de su plato con expresión ausente. Es lo que la abuela Guantecitos llama "su mirada característica", y con eso quiere decir que es algo que sólo él puede hacer.

No lo envidio, porque no tengo el menor interés en que mi cara se vea plana como una hoja de cartón.

Entonces Papá dice: "Tim, tienes que apoyar a tus hermanos".

Y yo agrego: "Además tienes que ir porque es una obra divertidísima dirigida por Shawn Barr".

Tim sigue masticando sus espaguetis un rato, y luego habla para decir: "Julia, ¿me pasas el pan con ajo?".

No hay pan con ajo. Pero se me ocurre una idea divertida, así que levanto un cesto de pan imaginario y se lo tiendo a Tim: "No te comas el trozo tostadito, que yo ya le tengo puesto el ojo", le contesto.

Esto hace que mi hermano cambie de cara y se ría. Hace como si recibiera el cesto del pan con una mano, y con la otra levanta la servilleta imaginaria que lo cubre. Se lleva el pan invisible a la nariz.

—Con mucho ajo. Tal como me gusta.

Y todos soltamos la carcajada. El juego continúa por un rato hasta que mi mamá se levanta y va a la cocina. Dice: "Se lo ganaron. Voy a sacar pan del congelador para prepararlo con ajo. Será su postre".

Tim me mira y dice sin levantar demasiado la voz: "No te preocupes. Iré a verte volar, Julia-Tulia".

Así es como me decía siempre, aunque ya no lo ha vuelto a hacer: Julia-Tulia.

Ya sé que mi nombre es Julia, pero supongo que cuando él era más chico, le pareció divertido jugar con las palabras. Por poco le cuento que mi nombre artístico ahora es Baby, pero me contengo.

No quiero convertirme de repente en Juli-Tuli-Baby en casa. Y es algo que podría suceder. Me convertiría en un personaje de trabalenguas por el resto de mis días.

Después de recoger los platos de la cena, Mamá llama a la señora Chang para planear una reunión. No me quedo con ella a oír lo que dice porque hay un programa de televisión que quiero ver. Pero llega a contarme que la señora Chang está interesada en vernos.

Entonces llamo a Olive y ella dice que le avisará a Gianni. Mamá le dijo a la señora Chang que yo iría a preguntarle cosas del traje y que iba a llevar conmigo a otras personas "relacionadas con la obra".

Soy un munchkin, un mono volador y la bailarina principal. También podría decir, en este momento, que soy responsable de parte del vestuario. La señora Chang tal vez se está haciendo a la idea de que soy más o menos importante en este montaje.

Es un ejemplo de cómo uno puede ir pasando de una cosa a la otra, mejorando siempre, cuando está comprometido con un proyecto.

Quisiera hablar de todo esto con la señora Vancil, pero estamos en vacaciones de verano y además ella ya no será mi profesora, así que tengo que dejar de pensar en cosas que quisiera comentarle.

Podría hablarlo con la abuela Guantecitos, pero ella se fue a una excursión de pesca de una semana con su mejor amiga, Lois. Fuera del beisbol, la otra gran afición de la abuela Guantecitos es la pesca, que para mí es el colmo del aburrimiento. Y cuando al fin deja de ser aburrida, y un pez picó el anzuelo, la cosa se transforma en una carnicería al tener que matar a golpes al pescado, y abrirlo para limpiarlo y demás.

De repente, recuerdo algo importante: Stephen Boyd se disfrazó de mono el año pasado para Halloween.

No sé por qué lo había olvidado.

Supongo que son las vacaciones y que hay muchas cosas en qué pensar, y no sólo echar de menos a

Ramón, o a un niño llamado Stephen Boyd, que en lugar de lonchera usa una bolsa de lona verde con correas blancas, que es menos dañina para el medio ambiente que usar una bolsa de papel diferente cada día.

Pero ahora, el hecho de que Stephen Boyd se disfrazara de mono una vez parece muy importante. Y me lleva a preguntarme una cosa: ¿Acaso en la película de *El mago de Oz* todos los monos voladores eran niños, o también habría monas niñas?

Y si era así, ¿importa mucho?

Me digo que cuando uno mira a un mono de verdad mientras está sentado (por ejemplo, en el zoológico), uno no puede saber si es un mono o una mona. Al menos yo no puedo porque tienen demasiado pelo. No paso tanto tiempo dedicada a distinguir esas partes de los animales. Además, en nuestra ciudad ni siquiera hay un zoológico, a menos que cuente esa área cercada en el parque Hendricks, donde tres renos y un alce llevan su vida en medio de un lodazal.

No parecen muy contentos, ni siquiera cuando les llevamos zanahorias.

El recuerdo de Stephen Boyd me lleva a buscar fotos de los monos voladores.

Y me sorprende lo que encuentro.

En mi memoria, estas criaturas eran aterradoras y malvadas asistentes de la bruja mala. Pero ahora que veo las fotos en la computadora de Mamá, me doy cuenta de que los monos voladores usan sombreros y chaquetas coloridas. Tienen colas desmesuradamente largas, no llevan pantalones, sino una especie de mallas grises que parecen pijamas con pies. En el lomo tienen un enorme par de alas con muchas plumas.

Los monos están vestidos como esos antiguos monitos de juguete que tocan platillos cuando se les da cuerda. ¡La abuela Guantecitos tiene uno de ésos!

Voy a llevar estas fotos a la reunión de vestuario. Puede ser que con eso la señora Chang se sienta más interesada en trabajar en esos disfraces. Ella misma me dijo que el arte tiene mucho que ver con lo inesperado. En ese momento no entendí de que me hablaba, pero ahora me parece que la clave puede estar en la manera en que estos monos voladores se arman. Son una mezcla de mono y ave.

Voy a mi habitación y saco las zapatillas de munchkin que la señora Chang me hizo. Las llevo afuera y todavía hace calor, así que me siento en una de las sillas, pero primero levanto el cojín porque ya sé que suele haber tijeretas viviendo allí.

Jamás me ha mordido una tijereta, pero sus pinzas se ven respetables. Ahora que lo pienso, jamás he oído de nadie que haya sido mordido por uno de estos insectos. Si el año próximo tenemos que hacer una investigación sobre insectos, puede ser que escoja las tijeretas. Es posible que se hayan ganado mala fama por algo que en realidad no hacen.

Me pongo las zapatillas de munchkin, que me quedan como un guante.

Miro hacia las estrellas y pienso en monos-ave y otros híbridos. Solía venir aquí con Ramón, especialmente si el pobre tenía gases, cosa que sucedía más a menudo de lo que debería porque yo le daba de nuestra comida a escondidas durante la cena.

Ramón ya no está y no quiero quedarme rumiando esos viejos recuerdos. No voy a ser capaz de sacarme la tristeza de la mente a menos que bloquee los sentimientos concentrándome en la idea de una nueva mascota.

No vamos a tener un nuevo perro porque no es el momento indicado.

Al menos eso es lo que dicen mi papá o mi mamá cada vez que pregunto.

Dejé de preguntar porque estoy probando una nueva estrategia, la del silencio. La manera conocida no estaba funcionando. Y como esta nueva mascota por ahora sólo vivirá en mi mente, puedo pensar en grande. Me encantaría un animal híbrido.

Uno fabuloso sería un mapache que sea en parte camello.

O tal vez un oso que sea mitad poni y no le moleste que lo ensillen.

Me acurruco en la silla. Todavía lo puedo hacer, como un gato, debido a mi tamaño.

Cuando estoy en esta posición, con la barbilla apoyada en las rodillas flexionadas, puedo ver mis hermosas zapatillas.

Soy un munchkin que es además un mono volador.

Y al cerrar los ojos, Ramón está a mi lado.

DIECISIETE

Tengo ensayo esta tarde, como siempre, y por la mañana Papá me va a llevar a ver al doctor Brinkman, el ortodoncista.

No es que quiera hacerlo, pero no tengo otra salida: ya me salieron todos los dientes permanentes. Me faltan las muelas del juicio, pero ésas se tardan hasta el final del bachillerato o la universidad, al menos eso es lo que dicen.

Mis dientes son grandes, cosa curiosa porque soy pequeña. Así que mientras tengo una cabeza chica, mi dentadura se ve desproporcionada. La abuela Guantecitos dice que mis mordiscos deben ser de terror.

Ella perdió sus dos dientes frontales en la universidad, jugando basquetbol, y los que tiene no son naturales. Pero a mí me parece que se ven bien. Ella dice que son un puente, que se sostienen en sus dientes de verdad en la parte trasera. Si me encargaran ponerles nombre a las cosas, yo no llamaría a eso un puente, porque no sirve para cruzar las aguas (a menos que uno considere que la saliva es una forma de agua).

Mientras cruzamos la ciudad en el coche, camino a la cita, sé que debería sentirme afortunada de que mis padres tengan dinero para darme una sonrisa perfecta.

Pero no me siento así.

Le pedí primero a mi mamá y después a mi papá que esperáramos antes de hacerme esto, pero ninguno de los dos me escuchó. Dijeron que el ortodoncista ya tiene un plan establecido para mi boca.

A Papá, el teatro lo tiene sin cuidado.

Todo el mundo sabe que ni un munchkin ni un mono volador deben tener frenos en los dientes.

¿Cómo se lo diré a Shawn Barr? Puede suceder que ya no me quiera en la obra cuando me vea con esos fierros en la boca.

Papá se estaciona frente al consultorio del doctor Brinkman. "No tienes que entrar conmigo", le digo. "Ya he estado dos veces aquí antes."

—¿Está segura?

Asiento, y digo: "Te avisaré cuando termine".

—Estamos orgullosos de ti, corazón. Ya lo sabes, ¿cierto?

No entiendo bien de que está orgulloso en este preciso momento, pero digo: "Gracias, papá".

De repente parece triste. "Creces tan rápido... frenos... ¿puedes creerlo?".

Ya que crecer es algo que en realidad no ha ido deprisa conmigo, no puedo evitar lanzarle una mirada confusa a Papá. Pero no quiero que piense que me desespera, así que me acerco y le doy un beso en la mejilla. Siempre huele bien. Un poco como a pay de calabaza.

Me dice: "Duro con ellos, Julia".

Me alegro de no haber intentado convencerlo una última vez de que no me enderezaran los dientes. No teníamos por qué terminar los dos sintiéndonos mal.

Es una actitud muy madura, que se desvanece apenas entro al edificio.

Lo primero es que una mujer sentada detrás de un mostrador me dice que me lave los dientes. Acabo de lavármelos en casa, pero me imagino que no confían en mí.

Me parece que estamos empezando con el pie izquierdo. Esa expresión no tenía mucho sentido para mí, hasta que empecé a aprender pasos de baile. Ahora sé, por experiencia propia, lo que es dar el paso con el pie izquierdo cuando uno debería hacerlo con el derecho. De hecho, me sucede unas cuantas veces en cada ensayo.

Cuando salgo del baño con mi nuevo cepillo de dientes, que supongo que puedo llevarme a casa, me informan que hoy me sacarán más radiografías. Sigo a otra señorita hacia una pequeña habitación sin ventanas.

Si me interesara más esto, estaría haciendo un montón de preguntas como "¿Qué es lo que hace exactamente?". Pero no lo hago.

Nada más me doy por vencida y dejo que alguien meta sus dedotes en mi boca.

Las manos de esta señorita huelen a químicos. Me dice sólo una palabra, pero me la repite ocho veces:

—Muerde.

Y eso hago. Y mis dientes estrujan un trozo de cartón. O quizás es plástico. No lo sé, porque ni siquiera miro cuando ella me saca la cosa de la boca. Me pone una pesada cobija por encima, rellena de metal, y luego sale para apretar el pedal de la máquina que envía ondas magnéticas a través de mi cabeza.

O lo que tenga que hacer.

No puedo creer que esto sea algo bueno para mí, si la obligan a ella a salir de la habitación.

Cuando termina con mis dientes, me toma una radiografía de la muñeca izquierda.

Eso me confunde un poco. Le podría preguntar por qué lo hace, pero no estoy de humor para conversar, y además me parece que ella tiene mucha prisa. Oí que alguien le decía que ya había llegado su comida, y quizá por eso estaba apresurándose. Había ordenado una ensalada griega. Quisiera decirle que tampoco es que la ensalada se le vaya a enfriar, pero prefiero no ser descortés.

Se supone que debo estar quieta durante la parte de la muñeca, pero el brazo se me mueve. Es apenas un poquito y la señorita no dice nada, así que no voy a tocar el tema. Probablemente ella se enojaría si tuviera que repetir la radiografía.

Ahora estoy sentada, sola, en el consultorio, esperando y pensando: "¿Será que a quienes trabajan en consultorios de dentistas les gustan los dientes? ¿Les interesarán las enfermedades de las encías? ¿O será nada más un trabajo como lavar carros pero que requiere muchísima capacitación? ¿Qué hacen con las personas que tienen mal aliento?".

Mi hermano Tim decía que Ramón tenía un aliento apestoso, pero no era cierto. Olía a perro, y eso es diferente de una persona que come ajo y cebollas y no se lava la boca.

Los perros no pueden mascar goma para refrescarse el aliento.

Esto me pone a pensar mientras sigo aquí sentada: "¿A cuántos adultos les gustan de verdad sus trabajos?".

Creo que a la señora Vancil le gusta enseñar, pero no cuando los alumnos no le prestan atención, cosa que sucede en algún momento todos los días.

No veo a mi papá en su oficina, así que no sé si le gusta lo que hace. De hecho, ni siquiera sé bien cómo pasa el tiempo en sus asuntos de seguros. Debo ser más curiosa, y trataré de recordar preguntarle cómo es un día común y corriente para él.

Estoy bien segura de que a mi mamá le gusta su trabajo, pero también sé que la estresa el asunto del inventario. Al menos, se queja de eso. Muchas veces, cuando vuelve a casa, tiene la cara sudorosa y el maquillaje corrido, algo que no le queda muy bien a nadie. En esos días no le digo que parece un mapache porque podría herir sus sentimientos.

Me parece que a Shawn Barr le encanta su trabajo.

Y ahora me pregunto si habrá trabajos en los que una persona pueda comer duraznos y luego salir a pasear con un perro viejo y pasar la tarde tendida en el jardín recién podado y dejar vagar la mente…

Yo sería perfecta para ese trabajo…

Mis ensueños con la carrera de mi vida quedan interrumpidos cuando una mujer entra, vestida de blanco. No es que tenga uniforme de chef sino una bata blanca. Es interesante pensar que no han cambiado el estilo de esas cosas en años, por lo que puedo ver en las películas y programas de televisión.

¿Qué tal que cada año, en otoño, se lanzaran nuevas batas para el mundo de la salud?

Yo propondría que les pusieran cierres y cremalleras en lugar de botones. O que tuvieran lacitos en las mangas o encaje en las partes adecuadas. Además, cada año habría un color nuevo.

Apuesto a que la señora Chang podría diseñar un uniforme médico fantástico que le diera más vida a la profesión. Ella probablemente usaría plumas y cinta adhesiva.

Miró a la señorita y sonrío a medias, sin mostrar los dientes: "Estoy esperando al doctor Brinkman".

La señorita responde: "Yo soy la doctora Brinkman".

No digo nada porque las dos veces anteriores que estuve aquí me atendió un señor que decía ser el doctor Brinkman. ¿Quién sabe que le pueda haber sucedido en estos seis meses? Vivimos en un mundo en permanente cambio.

Entonces, ella dice: "Somos dos doctores Brinkman. Mi hermano también atiende en este consultorio".

Eso lo explica todo. A lo mejor un día Randy y yo seremos dentistas u ortodoncistas juntos. No parece probable, pero me imagino que es posible y verdaderamente no puedo imaginarme compartir un consultorio con Tim, así que ni siquiera lo intento.

Le digo: "¿En qué momento supo que iba a tener un consultorio con su hermano? ¿Acaso ustedes dos siempre quisieron examinar la boca de las personas?".

La doctora Brinkman niega con la cabeza: "Nuestra madre era dentista. Creo que el destino de ambos era trabajar con dientes".

Quiero dejar para más tarde esa idea de estar destinado a algo, porque no sé si quiere decir que su mamá los forzó a ambos a ser dentistas, o si en su familia se dedicaban a los dientes por alguna especie de hechizo. Puede que quisiera decir que era el destino del cual no se podía zafar.

Mis papás no creen en eso.

Quiero parecer servicial, así que le digo: "Ya me sacaron las radiografías. También una del brazo, que puede haber sido un error".

La doctora responde: "Te mandé sacar una radiografía de la muñeca porque quisiera evaluar con precisión tu edad desde el punto de vista del desarrollo de los huesos. Puede ser que tu edad esquelética no sea la misma que la numérica".

Trato de fingir que entiendo, pero cosas como "evaluar con precisión" me dejan la mente en blanco. Lo mismo sucede con la palabra "numérica".

Contesto: "Mientras esperamos esas radiografías, ¿cree que podamos aplazar el día de ponerme los frenos?".

La doctora sonríe.

Me parece una buena señal, pero luego dice: "Ya vi las radiografías. Pero necesito algo de tiempo para estudiar unas cuantas tablas con respecto a tu muñeca".

—Sería fabuloso que se tomara un mes completo —comento.

La doctora se levanta los lentes. Parece que los necesita para ver de cerca, como cuando está ocupada con los dientes, pero ahora quiere ver el resto de mí.

Podría sonreír, pero sé que ahora la única sonrisa que aparecería en mi cara sería una muy fingida.

—No hay por qué tenerles miedo a los frenos.

Le explico: "No es por miedo, sino que echará todo a perder. Estoy participando en una obra en el teatro de la universidad. Soy un munchkin en *El mago de Oz*. Es un montaje semiprofesional".

Y veo que al fin alguien me escucha, porque la doctora Brinkman sonríe (y tiene dientes perfectos) y luego dice: "¿Cuánto tiempo necesitas?".

Contesto: "Poco menos de seis semanas".

La doctora se levanta de su silla: "Siempre piensan que los dentistas no tenemos corazón. Pero sí entendemos a la gente".

Sigo: "Entonces, ¿estaría bien empezar en septiembre?".

Ella ya tiene la mano en el pomo de la puerta para salir. Tal vez su ensalada griega ya llegó.

—No hay ningún problema, Julia. Dile a mi asistente que tu próxima cita debe ser para mediados de septiembre.

—¡Gracias, doctora!

Probablemente grito demasiado para esta pequeña habitación porque ella se da la vuelta y levanta la mano derecha. Es el gesto que alguien haría para indicar "alto". Lo entiendo. Entonces cuido mi volumen: "Muchas gracias. Y dele saludos de mi parte a su hermano".

Me parece que la doctora va a salir, pero dice: "Ese Elefrank Bau, ¡qué personaje!".

Asiento, pues estoy de acuerdo. Levanto el puño varias veces como si entre las dos acabáramos de anotar un jonrón para ganar un juego de beisbol.

Una vez que sale, me quedo pensando "¿Quién será el tal Elefrank Bau?".

En el coche le comunico a Papá las buenas noticias y me doy cuenta de que se alegra mucho por mí. Dice: "Julia, tienes poderes de persuasión".

Me parece gracioso que lo diga porque esos argumentos no funcionaron con él, pero igual le doy la razón, y empiezo a pensar en Elefrank Bau. No sé si será persona, un animal o un elefante, pero debe ser especial.

A lo mejor es de un programa de televisión o una película que no he visto.

Debe ser un nombre extranjero. Elefrank suena a "elefante" pero diferente. Y Bau no me suena a nada. Si supiera otro idioma, tal vez tendría más idea.

Supongo que por eso uno va durante tantos años a la escuela. No es que tenga otra opción, pero dice la señora Vancil que la educación es la llave que abre todas las puertas, permite aprender más cosas y tener más ideas.

Una vez que estoy de regreso en casa y busco un poco, descubro que no es Elefrank Baum.

Es L. Frank Baum.

Es difícil entender un nombre al oírlo.

Esto es lo que descubro: A L. Frank Baum, cuyo nombre completo era Lyman Frank Baum, no le gustaba su primer nombre y quería que le dijeran Frank. No sé por qué conservó la inicial del primero, la L, pero deduzco que fue porque sus papás lo obligaron.

Y lo más importante de L. Frank Baum es que escribió cincuenta y nueve novelas, ¡entre ellas *El mago de Oz*!

Por eso fue que la doctora Brinkman lo mencionó. ¡Esa dentista no sólo sabe de enderezar dientes!

He estado participando en el montaje de una obra famosa y me he mezclado con estudiantes universitarios y profesionales del teatro, pero es la primera vez que oigo el nombre de la persona que hay detrás de todo eso: L. Frank Baum.

Ahora sé con seguridad una cosa: Los escritores siempre están en el bando de los perdedores.

Bueno, tal vez no siempre. Hay escritores muy famosos, pero a veces sus creaciones los ocultan por completo. Sus personajes y sus historias los eclipsan. Entonces, ¿pierden o ganan con la fama?

Podría seguirle dando vueltas a esto, pero no quiero acabar con un dolor de cabeza. Cosa que me sucede cuando me concentro en cosas que no tienen sentido. Así que vuelvo a tenerle lástima a L. Frank Baum.

Mucha gente conoce el nombre de Judy Garland y la asocian con *El mago de Oz* más que al hombre que escribió ochenta y tres cuentos, y más de doscientos poemas.

Incluso se mudó a Hollywood para escribir guiones de películas, pero no el de la famosa película que se hizo a partir de su libro. Cuando se trasladó a la Costa Oeste todavía no se había inventado el cine con sonido, así que me alegra que hubieran esperado para hacer su película.

Y tal vez lo más importante que descubrí leyendo sobre L. Frank Baum es que era un soñador de niño, y que pasó mucho tiempo enfermo.

Me encanta saber que era un soñador.

Pienso que tal vez no era alto, y por eso inventó a los munchkins, porque se interesaba por las personas que no alcanzaban el promedio de estatura. Pero luego me enteré de que medía más de un metro con ochenta.

Luego decido buscar en internet a autores que no hayan sido altos, y averiguo que J.M Barrie, el autor de *Peter Pan*, no llegaba a medir uno con sesenta. A lo mejor esa fue la razón por la que escribió sobre no querer crecer.

Es interesante descubrir estas claves sobre escritores. Le voy a contar a Shawn Barr que he estado investigando sobre L. Frank Baum. Él dice que el montaje de una obra se va desarrollando en la medida en que nosotros lo hacemos y que cada día aprendemos más sobre el material.

Lo que esta tarde me ha enseñado es la idea de que en principio, hubo una persona que tuvo una idea y la escribió, y que eso nos trajo hasta el día de hoy, y a mí, me llevó a hablar con una dentista de aplazar el comienzo de mi tratamiento de ortodoncia.

Esa primera persona fue un escritor.

Me da gusto tener este nuevo conocimiento. Y me entusiasma pensar en compartirlo con Shawn Barr.

No hay nada que le guste más a un adulto que enterarse de que un niño ha estado investigando, sin necesidad de que le pidan que lo haga.

DIECIOCHO

Olive viene a mi casa.
Es mi primera amiga adulta.

Ni la familia ni los profesores cuentan porque a ellos las reglas sociales los obligan a ser amables. Son cosas que no están escritas en ninguna parte, pero que la gente hace.

Un ejemplo de eso es cortarse el pelo.

No hay una ley que diga que hay que hacerlo, pero debemos hacerlo.

Lo mismo se aplica a cambiarse de ropa interior.

Ese tipo de reglas son diferentes a medida que pasa el tiempo. Espero que vayan mejorando, pero ¿qué voy a saber yo?

Ojalá Piper y Kaylee pudieran ver a Olive cuando llega a la casa. Va vestida con mucho estilo, y no como va a los ensayos. Tiene un vestido de verano color amarillo brillante, y zapatos azul claro con plataformas de corcho que deben medir como diez centímetros.

No me imagino cómo puede caminar Olive con esas cosas.

No es que ahora me lleve una cabeza entera, pero si me parece que hubiera crecido durante la noche, dejándome atrás. Con los zapatos, el vestido y los aros dorados que tiene, se ha transformado en un personaje mucho más adulto.

No puedo dejar de mirarla, que no es de buena educación. Le digo: "Caramba, Olive (pero en el tono de voz que se usa para hacer un cumplido)".

Olive sonríe y me doy cuenta de que se pintó los labios de rojo. Su boca se extiende a través de su cara de manera muy atlética. Con eso quiero decir que se ve muy fuerte.

Le digo: "¿Quieres entrar?", Olive mira la pantalla de su teléfono y dice: "Gianni ya está allá. Acaba de mandarme un mensaje. Nos está esperando en la calle, un poco más allá".

Claro, eso quiere decir que no hay tiempo de que nos quedemos en mi casa, y por eso grito: "Me voy a la casa de la señora Chang".

Nadie responde.

Mi mamá está en medio de una llamada con el gerente de ventas y siempre está muy concentrada durante esas conversaciones. Randy fue a jugar boliche. No tengo idea de dónde andará Tim. Papá llevó su coche a lavar. Ramón ya no vive, pero se me pasa por la cabeza pensar dónde estará. En el cielo de los perros, me imagino, sea donde sea que quede ese lugar.

Cierro la puerta y señalo hacia la izquierda: "Vive en esta misma cuadra".

Olive debe tener mucha práctica con esas plataformas porque puede caminar más rápido que yo, y tengo puestas mis sandalias más cómodas.

No tardamos mucho antes de ver a Gianni. Está sentado en una camioneta de carga, estacionada frente al jardín de la señora Chang. Se asoma por la ventana y dice: "Señoritas, ¿cómo están?".

Lleva el pelo recogido en su coleta. Me da gusto, porque creo que así se ve más arreglado.

Olive camina más despacio, cosa que me alegra. Antes, íbamos caminando en cámara rápida. Levanta la mano y saluda a Gianni, y yo hago lo mismo.

La señora Vancil decía que era importante tener modelos a seguir. Creo que se refería a Eleanor Roosevelt, porque admiraba mucho a esa señora, que era la esposa de un presidente de los Estados Unidos hace mucho, mucho, mucho tiempo. Eleanor Roosevelt era una activista que usaba sombreros feos y ayudaba a las personas a quienes nadie les hacía caso. Eso fue lo que aprendimos en clase de historia.

Mi profesora tenía una foto de ella colgada en la pared cerca de su escritorio, y yo pasé mucho tiempo, el año pasado, mirando sus ojos en blanco y negro cuando me distraía de la clase, especialmente si era matemáticas.

Cuando uno está perdido en matemáticas es mejor darle a tu cerebro un recreo de los números, pues pueden apilarse igual que los vasitos de papel en el bote de basura reciclable que hay en el comedor.

Antes de conocer a Olive, Eleanor Roosevelt era mi modelo a seguir.

Pero todo eso ha cambiado.

Aprendí que es mejor tener un modelo a seguir que aún viva y a quien uno conozca, porque así puede aprender mucho más. Todavía me gusta Eleanor Roosevelt, pero no puede competir con Olive.

Nadie puede competir con ella.

Para cuando llegamos junto a la camioneta, Gianni ya se ha bajado y nos espera en la acera. Viste pantalones azules y camisa blanca. Se ve muy profesional. Tiene un cuaderno bajo el brazo y una bolsa. Lo veo y me acuerdo de que no traje las fotografías de los monos voladores. Espero que él sí haya traído algo.

—Las dos se ven muy guapas hoy. Lindo vestido, Olive. Me gustan tus medias, Baby.

Olive sonríe, y yo también.

El vestido de Olive salta a la vista, pero elogiar mis medias es un gran halago para mí. Las conseguí hace casi dos meses en una librería, con un certificado de regalo que me dieron unos amigos de mis papás,

Anne y Ben. Tal vez suponían que yo iba a conseguir un libro. Pero las librerías tienen otras cosas también, y a veces esas cosas son muy buenos regalos.

Le pregunto a Gianni: "¿Qué hay en la bolsa?".

Tengo curiosidad, pero también hice la pregunta para romper el silencio. Me doy cuenta de que Olive está sudorosa, y pienso que tal vez no ha debido caminar tan rápido en esos taconazos.

Gianni contesta: "Traje uno de los arneses de vuelo para mostrarle a tu amiga".

Eso me recuerda que tenemos un trabajo por hacer, que es hablar con la señora Chang para convencerla de hacer los disfraces. Me doy vuelta y avanzo por el caminito del jardín hacia la puerta.

Digo: "Yo me encargo de explicarle".

No tengo idea de por qué me sale esa frase por la boca. Soy apenas una niña. Supongo que estoy tratando de ser parte de las cosas.

Detrás de mí, oigo risas.

Me consuela que al menos me consideren divertida.

Aprieto el botón del timbre, y suena al mismo tiempo en que la puerta se abre.

Ahí está la señora Chang.

Tiene puesto un disfraz de mono volador.

Nos quedamos pasmados mirándola, pero Gianni y Olive se ven más asombrados. Yo ya tengo algo de experiencia con la señora, así que le digo: "Supongo que ya sabe por qué estamos aquí".

La señora Chang mantiene abierta la puerta y nos dice: "Bienvenidos. Sigan, por favor. Los estaba esperando".

Yo avanzo, y Olive y Gianni entran detrás de mí.

Olive no puede dejar de mirar a la señora Chang. No lleva maquillaje de mono pero, a excepción de la cara, tiene el traje completo, así que evidentemente no importa que yo no haya traído las fotos de la película.

Olive le dice: "Su traje es fabuloso".

La señora Chang le responde: "Gracias. No tuve mucho tiempo para hacerlo, pero me parece que resultó bien".

Gianni acota: "Sobra decirlo".

Pasamos a la sala, donde la señora ha puesto algo de comer. Hay unas tazas moradas junto a una tetera color lavanda, y servilletas negras con estrellitas doradas. Veo unas galletitas alineadas junto a algo de aspecto suave con líneas verdes y azules.

El queso (si eso es lo que es) se parece a la piel de las piernas de la abuela Guantecitos cuando se pone traje de baño. Jamás le da el sol.

Hay un tazoncito con los pepinillos más minúsculos que he visto hasta ahora. Y al lado, un platito con dulces envueltos en papel de colores brillantes, y galletas redondas cubiertas de semillas oscuras. A lo mejor son galletas saladas.

La abuela Guantecitos diría que todo se ve muy "festivo".

Para mí luce "confuso".

Pero la señora Chang y su traje son mucho más importantes que todo esto que ha puesto en la mesa para acogernos.

Me siento en una de las sillas verde menta, y me alegra ver que ella se sienta en la otra silla igual. Eso les deja el sofá de peluche anaranjado a Olive y Gianni. Espero un poco, para que admiren los muebles, y veo que están sorprendidos. Gianni dice: "¡Qué mesa tan increíble!".

La señora Chang asiente y contesta: "Gracias. Yo misma la hice".

Añado: "Y también hizo todas las marionetas que hay en las paredes y casi todo lo que ven aquí".

Gianni y Oliver miran a su alrededor, y Gianni dice: "Estoy verdaderamente impactado".

Olive mueve la cabeza hacia arriba y hacia abajo, como si estuviera muy emocionada.

Todo esto me hace sentir bien. De alguna manera es como si formara parte de la maravilla que es la señora Chang, simplemente por haber traído aquí a mis nuevos amigos.

El hecho de que la señora Chang sea interesante me hace interesante a mí también.

Voy a dejar esto para pensarlo más tarde en casa, y ver si puedo encontrar maneras de seguir sintiéndome así (sin tener que hacer nada interesante en sí).

Gianni dice entonces: "Cuéntenos de su traje de mono volador".

La señora Chang se mira de arriba abajo y contesta: "Las alas se desprenden. No sé cómo van a manejar los arneses para la parte del vuelo".

Olive pregunta: "¿Usted es una vestuarista profesional?".

Me gusta esa palabra: "vestuarista". Y estoy a la espera de la respuesta a esa pregunta. Ojalá me hubiera puesto mis zapatillas de munchkin o el gorro de maceta.

La señora dice: "Tuve algo de capacitación. Comencé como costurera hace muchos años. Fui bailarina de ballet, coreógrafa en Londres, diseñadora de ropa en Nueva York, y al final trabajé en cosas relacionadas con efectos visuales en Los Ángeles".

Tengo que echar mano de toda mi fuerza de voluntad para no dar un salto y gritar: "Entonces, ¿qué está usted haciendo aquí, cultivando margaritas en esta calle, en esta pequeña ciudad?".

Afortunadamente no tengo que hacerlo, porque Olive pregunta: "¿Y cómo vino a dar aquí?".

Los hombros de la señora Chang se elevan un poco y su boca se tuerce hacia un lado. Tras unos momentos un poco incómodos, dice: "Vine para estar con mi hija".

La conozco más o menos bien ahora y nunca había visto esta expresión en su cara. Parece como si hubiera visto a alguien entrando al cuarto con una bandeja llena de babosas.

Nos sentimos incómodos por qué no nos da más información.

Quisiera decir: "¿Y cómo está su hija?", pero sigo en silencio. Aguardo alguna explicación, pero la señora Chang se limita a mirar por la ventana.

Parece como si Gianni y Olive se hubieran sentado más cerca uno de otro en el sofá.

Decido mirar al piso.

Por primera vez me doy cuenta de que la alfombra está cubierta de caballitos de mar. Me encantan esos animales. Digo: "Jamás había visto una alfombra con caballos de mar".

La señora Chang contesta: "Es muy antigua. Viene de Turquía".

Y agrego: "Los machos llevan los huevos en una especie de bolsa. Como un canguro. Son ellos los que hacen todo el trabajo".

La buena noticia es que el tema de los caballos de mar nos aleja del problema de la hija de la señora Chang. Podemos pasar de los caballitos de mar que llevan los huevos de regreso al disfraz de mono volador, supongo que es porque ambos son animales.

Olive y Gianni estudian las costuras de la chaqueta del disfraz, y la señora Chang se quita el sombrero para mostrarnos. Lo sostienen como si fuera una corona.

Se entusiasman mucho con las alas cubiertas de plumas que se desprenden de la espalda (pero en realidad están sostenidas con correas y se amarran entre sí. El traje tiene todo tipo de botones y cierres ocultos, e incluso tiras de velcro).

Me pregunto dónde conseguiría todas las plumas, pero me guardo la curiosidad.

Gianni saca el arnés de la bolsa que trae, y la sorpresa es que la señora Chang ha trabajado con estas cosas antes. Nos muestra cómo pensó que podrían ir las correas por encima del disfraz, para quedar luego cubiertas por la chaqueta estilo mesero que llevan los monos. E incluso dejó una abertura en la parte de atrás para que el gancho del arnés pueda pasar por ahí.

Todos estamos maravillados.

Entonces, Gianni dice: "Señora Chang...".

Ella lo interrumpe: "Por favor, dime Yan".

No tenía idea de que ese fuera su nombre. Jamás pensé que tuviera nombre de pila. Los adultos siempre me encajan mejor sin nombre, sólo apellido, porque pueden ser algo extraños. Yo voy a seguir llamándola señora Chang.

Gianni continúa: "Yan, hay dinero en el presupuesto del montaje para estos trajes, y estamos aquí hoy para preguntar si podríamos contratarte".

Todos quedamos a la espera.

Me parece que tal vez debía mencionarle el asunto del vestuario de Adrian Greenberg, pero no lo hace.

La señora Chang sirve el té en las tazas moradas. Pone una de las galletas redondas en el platito de cada taza y luego le pasa la primera a Olive. Después me pasa una mí, y finalmente le da a Gianni la suya. Toma la que queda y le da un sorbo al té.

Ojalá nos hubiera servido café frío, porque tengo experiencia con eso. Este té no tiene azúcar ni leche ni nada que disimule el hecho de que sabe a flores amargas mezcladas con tierra. Quisiera escupirlo en la taza, pero eso sería de mala educación.

Seguimos esperando. Al fin, ella dice: "Me interesa, pero no por el dinero".

Me paso un buen trago y digo: "¡Fantástico! Sabía que podía ayudarnos".

La señora Chang tiene la mirada puesta en Gianni. Dice: "Me puedo encargar de los trajes, pero con una condición, y no tiene que ver con un pago".

Gianni asiente: "Por supuesto".

Olive agrega: "¿Qué necesita?".

Yo también quiero participar, así que digo: "¡Díganos que tenemos que hacer!".

La señora Chang pone su taza en la mesa y se levanta. Se aleja unos cuantos pasos de la mesa hecha de cubiertos, para quedar en el lugar donde da la luz que entra por la ventana del jardín. Levanta ambos brazos, y eso hace que las alas se abran. Y luego dice: "Quiero ser uno de los monos. Quisiera estar en la obra".

Esto es una sorpresa total.

Nadie dice nada.

No puede ser, ¿en serio? ¿Qué edad tendrá?

Yo no pondría a la abuela Guantecitos a volar con arnés y cables, y la señora Chang puede ser aún mayor que mi abuela.

Olive me mira, y luego mira Gianni, y después a la señora Chang.

Gianni no despega la vista de la señora Chang. Su voz se oye firme: "No sé qué opinará el director, pero puede contar con mi apoyo".

La señora Chang baja los brazos y vuelve a su silla verde. Se arregla las alas para poderse sentar. Luego sonríe de una manera que me hace pensar que está tratando de contener una carcajada.

Dice: "No se decepcionarán".

Luego de eso Gianni y Olive se toman su té y mueven la cabeza como si estuvieran asintiendo. Yo ni siquiera hago el papel de estar interesada en lo que hay de comer, y mi taza se queda en su platito.

Estoy tratando de entender que significa todo lo que ha pasado.

Nadie habla, así que decido hacer una pregunta: "Señora Chang, ¿cuándo es su cumpleaños?".

Ella inclina la cabeza, tal como hacía Ramón cuando le parecía que estaba sucediendo algo. Por ejemplo, si estaba en la casa, y oía una ardilla en la cerca de atrás. Y entonces, responde: "El 7 de agosto".

Contesto: "Es un día genial, porque el siete es un número increíble".

No tengo ni la menor idea de qué significa lo que acabo de decir. No creo que un número sea mejor que otro. Los números son la cosa más difícil del mundo.

La señora Chang se vuelve hacia mí, y dice: "Tengo setenta y seis años".

Sonrío, mostrando todos mis dientes.

Lo mismo hacen Olive y Gianni.

Son sonrisas de sorpresa.

Me parece que podría haber un límite de edad para que a una persona la puedan levantar en el aire y lanzarla de un lado a otro, pero la señora Chang toma una galleta y clava un cuchillo en la pasta blanca con rayas azules y verdes, y dice: "¿Les puedo ofrecer queso azul?".

Eso me confirma que las galletas son saladas.

Y, sin pensar, digo: "No, gracias. Huele a pies apestosos".

No nos quedamos mucho más.

Gianni dice que tiene que volver al teatro porque está esperando que le entreguen un envío de luces.

Gianni le saca una foto a la señora Chang con su teléfono.

Se ve fabulosa en esa foto.

Mientras sucede eso, yo tomo una de las servilletas negras con estrellitas doradas para mi álbum, y la enrollo para meterla en mi calcetín izquierdo cuando nadie está mirando. No es un robo porque tenía gotas de té en el borde y es de papel, así que en todo caso acabaría en la basura.

Después de eso, nos despedimos.

Gianni ya tiene el número de teléfono de la señora Chang, y dice que la llamará. Salimos todos al jardín y caminamos hasta el borde de la acera. Gianni abre la puerta del lado de su camioneta para que suba Olive.

Ella se monta, y la veo arrojar su bolsa sobre el asiento y luego sentarse sobre ella. Su bolsa es grande y parece que incluso podría ser su equipaje de mano si fuera a volar a alguna parte. Extiende la falda de su vestido, y la bolsa desaparece. Pero ahora se ve mucho más alta. Ya no parece una niña.

Interesante.

Olive da unos golpecitos en el asiento junto a ella: "Ven acá, Baby".

Creo que soy demasiado niña para cargar por ahí una bolsa grandota como la de ella (de lona, con bonitas asas de cuero), pero lo tendré presente para el futuro.

Por eso es tan importante tener un modelo a seguir. Cuando sea grande también veré si uso grandes aros como aretes.

La señora Chang nos observa desde la puerta de su jardín.

Sigue todavía con su traje de mono volador, y está justo detrás de un macizo de flores rojas. No sé qué flores serán, porque los nombres de las plantas van a dar a una parte de mi cerebro que es como un armario cerrado del que luego nada vuelve a salir.

Levanta un brazo para decirnos adiós, y la luz del sol da contra el borde de su ala derecha, haciendo ver las plumas de color naranja.

Se ve increíble.

Gianni enciende la camioneta, y todos decimos adiós al alejarnos.

Recorremos toda la cuadra y luego llegamos al punto en que la calle se abre para bajar por la colina. Allí Gianni se detiene y estaciona. Pasamos de largo frente a mi casa, y no dije nada. Olive empieza reírse. Gianni también.

Y como ambos se ríen, deduzco que es lo indicado para este momento.

Ahora ninguno puede dejar de reírse. He oído esa expresión de "desternillarse de risa", que me suena parecido a "desatornillar". Ahora mismo me siento así, a punto de que algo se me desatornille.

Después Olive dice: "¿Qué fue lo que sucedió allá?".

Gianni contesta: "Es posible que hayamos reclutado una nueva adición para el reparto de la obra".

Olive dice, entre carcajadas: "¿Y quién le va a decir a Shawn Barr?".

Yo quiero participar en todo, así que digo en voz bien alta: "Baby se encargará".

DIECINUEVE

Al principio pienso que yo seré la única que le cuente a nuestro director de la nueva integrante de setenta y seis años que tendremos en el reparto.

Pero están bromeando. Vamos todos juntos a ver a Shawn Barr.

¡Esto es muchísimo más emocionante que visitar a la señora Chang! Como quien dice, salgo de excursión con dos adultos. Pero no puedo hacerlo sin pedir permiso.

Volvemos a mi casa para que yo pueda avisarle a mi mamá a dónde vamos. Está en el teléfono, hablando de "grava ornamental" y de "plantas que toleran la sequía". Asiente cuando le pongo al frente un papelito que dice:

Me voy con mis amigos Olive y Gianni a ver a nuestro director. Me reporto por teléfono.

Estoy convencida de que hubiera obtenido la misma respuesta de haber escrito:

Me voy al Polo Norte. Volveré para la hora de cenar.

Supongo que Randy podría venir conmigo, pero está viendo una vieja película de piratas, en blanco y negro, en la televisión y prefiero no molestarlo.

Además, quiero ser la única niña en esta aventura.

Me acuerdo de sacar la servilleta que tengo guardada en mi calcetín, la arrojo sobre mi cama y luego salgo corriendo.

Gianni y Olive están conversando cuando me acerco a la camioneta. Gianni ha encendido el radio, y Olive le está contando una historia que habla de una patineta, un loro y un pay de limón. Me da lástima habérmela perdido porque Gianni parece muy divertido y, además, me encanta el pay de limón.

Me monto a la camioneta, y Olive se recorre hacia Gianni para dejarme más lugar en el asiento. En realidad, no tiene que moverse tanto. Supongo que quiere estar lo más cerca posible a él. Lo logra y además se las arregla para mantener su bolsa en su sitio, como un cojín que la eleva. Me asombra esa habilidad suya, pero no digo nada.

Gianni pregunta: "Baby, ¿estás lista para irnos?".

—Ajá —respondo—. Mi mamá está haciendo inventario. El final de mes no es un buen momento cuando uno está a cargo de hacer pedidos de materiales para empedrado.

A Gianni le cae bien mi comentario porque dice: "Para tu edad, sabes mucho de la vida".

Y entonces Olive habla imitando la voz que sale por un sistema de sonido: "Tengan la bondad de asegurarse que su cinturón de seguridad esté bien abrochado y en su lugar".

Suena como una azafata de avión. Así que yo digo: "El respaldo de mi silla está en posición vertical y mi bandeja, guardada", el año pasado viajamos en avión para ir a una reunión familiar en casa de la tía Viv y el tío Sherman. Viven en Salt Lake City, junto al lago Salado. Me decepcionó un poco enterarme de que no había también un lago Dulce.

Gianni hace de piloto y dice: "¡Preparados para el despegue!".

Pisa el acelerador, pero con más impulso de lo normal, y la camioneta se lanza hacia delante. No es nada peligroso, pero me alegra que mi mamá esté ocupada en el teléfono, en lugar de mirarnos desde la puerta de la calle.

Momentos más tarde, Gianni le sube el volumen al radio hasta ponerlo bien alto. No me sé la canción que suena, pero no me toma mucho tiempo oír que el coro es un grupo de personas gritando: "Un, dos, tres, aquí vamos otra vez".

Supongo que son músicos, pero igual podrían ser instructores de gimnasia.

La canción nos viene al dedillo, y todos empezamos a chillar: "Un, dos, tres, aquí vamos otra vez".

Siempre me llama la atención que una canción común y corriente pueda resultar tremendamente inspiradora. Mis papás a menudo ponen una de hace años llamada "Let it Be", que me parece que los tranquiliza.

Me pregunto si hay otras cosas en la vida que funcionan igual.

A lo mejor, ¿la clave es que las grandes ideas son sólo pequeñas ideas que se explican de manera extraordinaria?

Podría quedarme pensando en esta teoría durante más tiempo, pero es imposible porque estamos los tres cantando "Un, dos, tres, aquí vamos otra vez" y no quiero tener el cerebro ocupado en tantas cosas a la vez. Esto es demasiado divertido.

Por el espejo lateral alcanzo a ver a Olive un momento, y no creo haber visto nunca antes a una persona tan feliz.

La canción se termina, así que apagamos el radio para seguir cantando. No fue muy difícil aprenderla porque la letra tenía muy pocas palabras. Para cuando

Gianni estaciona la camioneta frente a un hotel en la calle Once, ya todos estamos hastiados de la canción.

He pasado millones de veces por este lugar, pero jamás lo había mirado con atención. Hay un letrero amarillo de madera con letras grises que dice Hotel Bahía.

Es curioso porque no hay agua en los alrededores. Estamos a cien kilómetros de la costa, y en la ciudad hay un río y un lago artificial, pero ninguna bahía. Así que tal vez se refiere a otro tipo de bahía, como por ejemplo una bahía de estacionamiento. ¿No será el nombre de otro lugar geográfico? ¿O de una persona?

Digo: "¿El Hotel Bahía? ¿Aquí es donde se está quedando Shawn Barr?".

Supongo que detectaron la desilusión en mi voz, porque Gianni dice: "Es un hotel residencial. Aquí estamos viviendo todos".

Lo primero que pienso es ¿y acaso no todos los hoteles son residenciales? ¿Acaso no vive uno en ellos?

Pero no hago esa pregunta porque hay demasiadas cosas para ver a mi alrededor.

El hotel Bahía es pequeño y tiene forma de "n" minúscula. Tiene dos pisos, y hay habitaciones arriba y abajo. Hay una piscina en el centro del patio. Es verde y no sé si tiene ese color a propósito o se debe a que nadie ha limpiado el filtro ni restregado las paredes. Pero cuando me acerco, veo que hay hileras de diminutos azulejos vidriados de color verde esmeralda. Es resplandeciente. Se ve increíble.

A los niños les encantan las piscinas. No puedo evitar quedarme un rato mirando el agua. Trato de comunicarle a Olive esa atracción, pero ella no parece interesada en las oportunidades de nadar. Está observando el hotel, y dice: "Tiene ese aire interesante y moderno de mitad de siglo".

Creo que mis papás entenderían a que se refiere. Yo no tengo idea.

La mitad de siglo pasó hace mucho tiempo, y puede ser que este lugar fuera construido entonces. Me suena bien la descripción de moderno e interesante, pero no veo una máquina vendedora de refrescos ni juguetes de piscina. Además, tampoco hay ninguna persona a la vista.

Se oye una televisión que suena en alguna parte y el ruido de una aspiradora.

Hay una pequeña oficina al frente a la derecha, pero no se ve nadie dentro. Al lado está la lavandería, con una lavadora y una secadora. La secadora está funcionando y al lado hay una pila de ropa en una mesa larga. No está doblada. Veo ropa interior en el montón, lo cual es un poco extraño.

En casa, si uno saca algo de la lavadora, tiene que doblarlo. Por eso suelo mantenerme lejos de las máquinas.

Sólo he estado en hoteles con mi familia, y los que conozco tienen pasillos alfombrados y máquinas que hacen hielo en cada piso. Eran enormes con mucho espacio de estacionamiento y mostradores con personas y computadoras. En la recepción se oía música y había estantes con folletos y mapas de atracciones del lugar.

Gianni cruza el patio, que está cubierto de ladrillos, pero diferentes a los que conozco. No son rojos sino de color mostaza y forman un dibujo en ángulo. Son interesantes.

Gianni se detiene frente a la puerta de la habitación 7 y golpea.

Nadie responde, así que llama de nuevo, sólo que más fuerte. La voz de Shawn Barr suena atronadora: "¿Quién es?".

—Gianni. Olive y Baby están conmigo.

De repente, hubiera preferido que me llamara Julia. Me pondría a la misma altura que ellos.

Oímos la voz de Shawn Barr: "¿Por qué las trajiste aquí?".

Suena cansado y no muy amistoso. Me imagino que no se ha dado cuenta de que estamos junto a la puerta y que alcanzamos a oírlo.

Gianni nos mira y se encoge de hombros. Le habla nuevamente a la puerta cerrada: "¿Podemos pasar? Estuvimos con la vestuarista y necesitamos hablar contigo".

Shawn Barr dice algo, pero no lo entiendo bien. Es una retahíla de palabras juntas. Finalmente se oye: "Está abierto".

Gianni hace girar el pomo de la puerta y la empuja para abrirla lentamente.

La habitación de Shawn Barr tiene una hilera de ventanitas, todas redondas, como las de un barco. De inmediato pienso que quisiera una ventana redonda en mi habitación. Haría que uno viera hacia fuera con más precisión.

Mi mirada se pasea de las ventanas hacia lo que hay en el cuarto, y lo primero que noto son libros. Tiene pilas y torres de libros.

Me alegra que Shawn Barr sea un buen lector, porque la abuela Guantecitos dice que uno puede saber si una persona es interesante por las tapas que tiene. Y no se refiere a tapas de botes y frascos, sino a las de sus libros.

Yo tengo libros en mi cuarto, pero no he leído la mayoría de ellos. Fueron regalos. Así que tal vez no soy una persona muy interesante; pero sí tengo papás interesantes y una abuela encantadora con grandes esperanzas para mi futuro.

Shawn Barr ni siquiera vive en esta ciudad, pero tiene pilas de libros gruesos y de pasta dura, y de obras de teatro, supongo, porque hay otros mucho más flacos. En una de las paredes del cuarto hay un escritorio estrecho empotrado, con una computadora. Debajo hay un pequeño refrigerador que hace un sonido de ronroneo. Conectada a la pared hay una tetera eléctrica, al lado de un fregadero metálico. Hay una torre de tazas y platos apilados junto a uno de esos osos de plástico que contienen miel, que me encantan. También veo una caja medio vacía de chocolates, dos frascos de aceitunas verdes, y una enorme bolsa de pretzels.

Pero lo más interesante de todo está en un rincón. Es de cuero perfecto y tiene cerraduras de bronce y una agarradera increíble. Es una maleta con una tira ancha para cerrarla y costuras especiales para proteger las esquinas.

No puedo evitar decir: "Es la mejor maleta que he visto en mi vida".

Shawn Barr está tendido en la cama, pero no acostado del todo. Se voltea un poco para ver más allá de Olive y Gianni. Dice: "Es un baúl de lujo de la marca Swaine Adeney Brigg".

—Oh.

—Viene de Inglaterra.

Hago un gesto de asentimiento. Jamás recordaré las tres palabras de la marca. Pero jamás olvidaré ese baúl de cuero.

Entro a la habitación y veo que Shawn Barr está recostado sobre almohadones. Tiene puestos lentes para leer y lleva unos pantalones de deporte color durazno y una camisa blanca. Pero la camisa está desabotonada y por primera vez veo que tiene algo de pancita. Se ve bronceado así que tal vez pasa mucho tiempo afuera, junto a la piscina, en una silla de asolear. El pelo en su pecho se ve como un triángulo de alambres blancos y rizados.

Dice: "Supongo que tenemos algún problema. De otra forma, no habrían venido aquí todos. Esta patota me indica problemas".

Gianni nos mira a Olive y a mí y luego dice: "estuvimos con la vestuarista. Es endemoniadamente habilidosa. Y acepta coser todos los trajes de mono volador que requiramos".

Shawn Barr se endereza. Mira por encima de sus lentes: "No me digas".

Es una expresión absurda porque Gianni acaba de decirlo.

Espero.

Gianni sigue: "Hay más noticias buenas. No parece interesada en ninguna forma de pago".

Ahora Shawn Barr si está prestando toda su atención. Se levanta un poco más sobre los almohadones, pero de repente parece que se le ocurriera otra cosa porque dice: "Ustedes no estarían aquí con esas caras largas si no hubiera algún inconveniente".

Es como cuando nos dijo en un ensayo "nuestros cuerpos están llenos de emociones, incluso cuando no usamos palabras".

Olive se acerca a él: "Ella quiere aparecer en la obra".

Shawn Barr deja de mirar a Gianni para pasar a Olive: "¿Quién?".

Gianni responde: "La señora Chang".

Olive dice: "Es la vestuarista".

Y yo agrego: "Y mi vecina".

Shawn Barr hace una pausa y luego responde: "¿La vestuarista quiere actuar en la obra? Díganme, por favor, que no estará pensando en hacer el papel de Dorothy. Ya tenemos contratada a Gillian Moffat para eso".

Intercalo mi respuesta: "No. De Dorothy no. La señora Chang ni siquiera quiere tener un parlamento".

Shawn Barr sonríe. Tiene chispitas en los ojos. Dice: "¡Hecho! En la Ciudad Esmeralda tenemos lugar para todo tipo de extras. Ella estará en el coro. Todo resuelto".

Gianni dice: "Eso no va a funcionar".

Olive añade: "Quiere ser un mono volador".

La frente de Shawn Barr se llena de arrugas al mismo tiempo que su sonrisa desaparece. No se tarda mucho en decir: "Está bien. Gianni, tú eres el experto. ¿Será capaz de hacer los movimientos suspendida en el aire? ¿Cuál es el inconveniente? ¿Pesa demasiado para el arnés?".

Gianni niega con la cabeza: "No, el peso no es el problema".

Shawn Barr se está enojando con nosotros. Levanta la voz: "¿Entonces cuál es exactamente el problema?".

Yo grito desde la puerta: "¡Que tiene setenta y seis años! ¡Es más vieja que la tos!".

Gianni y Olive y Shawn Barr voltean a mirarme todos a la vez.

—Pero está en muy buena forma y es muy muy simpática —agrego.

A Shawn Barr se le resbalan los lentes de la nariz. Sigue en el cuarto, pero ahora participa de otra manera, no como espectador sino como quien forma parte de lo que sucede. Dice: "¡Yo tengo setenta y siete años!".

Me sorprende enterarme de su edad. Sabía que era viejo, pero no tanto.

Me imagino que una vez que uno llega a determinada edad, ya se considera viejo o mayor sin importar el número exacto de años.

Shawn Barr calla. Tiene mucho en qué pensar, pues es de la misma edad que la señora que quiere participar en nuestra obra. Tiene la cara más roja que hace unos momentos, y dice: "No nos sirve para mono volador".

Olive dice: "Ni siquiera la conoce".

Shawn Barr la mira fijamente: "No hace falta que lo haga".

Esa respuesta despierta a Olive, aunque antes no estaba precisamente dormida: "No está bien discriminar a nadie. Yo me enfrento a la discriminación todos los días, al 'estaturismo'".

¿Esa palabra existe? Me puedo imaginar qué significa, pero jamás había oído a nadie pronunciarla.

Shawn Barr levanta la mano para hacerla callar: "Esto no tiene nada qué ver con discriminación".

Olive toma aire y continúa: "Permítame mostrarle mi lado de las cosas".

Ésta es otra expresión que dice la gente y que me cuesta entender. ¿Acaso todas las cosas tienen un lado para cada persona? Es un problema de geometría, porque cada cosa tendría que tener tantos lados como personas que las miran.

Tal vez sí tenga lógica. Pero ahora no es buen momento para hablar de eso.

Olive se lanza directamente al punto: "¡La discriminación se basa en prejuicios!".

Ojalá explicara su opinión de manera más sencilla.

No puedo evitar preguntar: "¿Qué quiere decir 'prejuicios'?".

Se vuelve hacia mí. Parece que le da gusto responder a mi pregunta.

—Sucede cuando alguien se forma una opinión de antemano, y una acción se lleva a cabo a partir de esas ideas previas.

Me perdí, pero sigo atenta. Y tengo que reconocer que Olive sabe usar muy bien las palabras, y que habla fabulosamente bien.

Además, sus plataformas de corcho son tan altas. También hacen pensar que ella podría perder el equilibrio y caerse. Es como ver una de esas carreras en las que los carros van cada vez más rápido por la pista, y uno tiene que fingir que no está simplemente esperando que uno de sus carros se estampe contra el muro de contención.

No me gusta ver ese tipo de cosas en televisión, pero a mi hermano Tim le encantan.

La voz de Olive se oye cargada de emoción al decir: "La gente me mira y ve a una persona de baja estatura, antes de darse cuenta de que soy una mujer o de que soy de color".

Tengo que confesar que eso me sucedió cuando la vi por primera vez. Vi a una persona bajita y pensé que era una niña.

En realidad, nunca pensé que fuera una persona de color.

Ahora la miro con más cuidado. Veo que tiene los brazos muy morenos y el pelo oscuro. Había pensado que tenía un bonito bronceado, nada más.

Trato de acordarme de su apellido, y no lo logro. Tal vez me quedé en el asunto de su tamaño y nunca pasé más allá. ¿Es hispana? ¿O tal vez indígena? También podría ser de la India, ¿o de las islas Filipinas?

En este momento me doy cuenta de que jamás podré ser detective cuando sea grande. ¡Hay tantas cosas que se me escapan!

Olive continúa: "Hoy conocí a Yan Chang y me encontré con una mujer muy activa y muy interesante. Su edad no era un factor importante. Creo que se merece el derecho a una audición".

Parece que Shawn Barr ya tuvo suficiente. No grita, pero está a punto de hacerlo: "¿Ya terminaste?".

Olive asiente: "Creo que sí".

El vozarrón de Shawn Barr sería capaz de llenar un comedor escolar grande: "Entonces siéntate".

Olive da unos cuantos pasos hacia la única silla que está junto a la ventana y se deja caer en el cojín. Gianni se mueve hacia ella, que es una bonita manera de mostrarle su apoyo. Apuesto a que Olive siente alivio de no estar ya parada sobre sus pies.

Shawn Barr dice: "Estoy de acuerdo. El mundo está lleno de prejuicios, y lo consumen los sesgos y las opiniones que llegan al punto de institucionalizarse. Es por eso que hacemos teatro. De eso se trata todo esto. Le pedimos a la gente que se mire a sí misma y a los demás".

No puedo evitarlo, y digo: "Eso no lo sabía".

Gianni mira al piso, y puedo ver que hace esfuerzos para no sonreír. Pero yo estaba hablando en serio, y no diciendo un chiste.

Shawn Barr está en su momento. Llena toda la habitación con su voz que parece un instrumento musical: "Ésa es la razón por la cual hacemos arte".

Para mí, arte es cortar y pegar papel de colores.

O también los trozos de arcilla que nos entregan en la escuela, con indicaciones para moldear algo que luego irá a un horno supercaliente y volveremos a ver una semana después, con una apariencia mucho peor que lo que uno envió, porque en la mente, mientras uno no tenía la arcilla de la vista, la plasta entera se convirtió en algo especial.

Cuando pienso en el arte me imagino algo que implique usar las manos.

Pero estoy equivocada.

Según Shawn Barr, que está hablando y mirándome: "Los poetas, los pintores y los artistas teatrales nos piden que examinemos lo que vemos y lo que sentimos y oímos. Ellos entienden lo que son la discriminación y los prejuicios. Es la razón por la cual se levantan en las mañanas".

Pero no ha terminado.

—Me he pasado la vida entera enfrentando la discriminación día tras día. No necesito que me digan qué se siente ser diferente. La discriminación por edad es mi última frontera. ¿Ustedes creen que si yo no entendiera lo que se siente, estaría aquí, en este pueblo, durante siete semanas, trabajando en esta obra?

A veces, cuando una persona dice algo muy importante (incluso si uno no entiende qué es), lo mejor es hacérselo saber.

Junto las manos y aplaudo.

Lo hago con la esperanza de que Olive y Gianni aplaudan conmigo, pero no lo hacen.

Olive se limita a encogerse de hombros.

Gianni se vuelve hacia Shawn Barr y dice: "Invitaremos a la señora Chang a una audición. Si puede manejar el arnés, queda en el reparto. Al fin y al cabo, ya tiene su traje de mono volador".

A Shawn Barr se le ocurre una última cosa: "Asegúrate de que no tenga problemas cardiacos".

Ramón tenía problemas cardíacos y fue por eso que buscó la silla de cuero de Papá. Su instinto le indicaba que debía ir a un lugar seguro porque algo malo estaba a punto de suceder.

Espero que, si la señora Chang tiene algún problema cardiaco, ya lo sepa. No me parece que andar por el aire en un arnés sea un lugar seguro.

Shawn Barr mira hacia otro lado, por una de las ventanas redondas. No creo que le preocupe suspender por los aires en el escenario a una señora de setenta y seis años. Toma el libro que estaba leyendo, y veo el título: *La lección de piano*.

Nunca había oído de ese libro. La portada dice que el autor es August Wilson.

August, casi como Augusto, aunque suene más parecido a agosto, el mes. Y de repente siento el deseo de que mis padres me hubieran puesto un nombre que no fuera Julia, por el mes de julio. ¿Abril, quizá?

Pero nací en febrero, y su imaginación no llegaba tan lejos. No me hubiera gustado que me llamaran con el nombre de mi mes, porque la gente habría podido pensar que yo era un niño.

Apenas pudimos despedirnos y dejamos a Shawn Barr para salir a la tarde soleada. Parece más brillante que antes, porque el cuarto estaba oscuro. Pero también porque aprendimos algo y ahora vemos más.

No sé bien qué fue lo que sucedió allá dentro, pero ya no me siento para cantar "uno, dos, tres, aquí vamos otra vez".

Nos cambió el estado de ánimo. Somos diferentes. A lo mejor todos, cada quien a su manera, estamos pensando en arte.

Miro alrededor del hotel y veo el edificio como si estuviera hecho de bloques. Se siente como si hubiera ideas detrás de las paredes. Quizá sea sólo porque sé que Shawn Barr y todos sus libros y obras de teatro están allí, y que Gianni duerme en uno de los cuartos y tal vez allí tiene equipo para hacer que las personas vuelen.

Una vez que estamos en la calle, Gianni le abre la puerta a Olive. No lo había hecho antes. Ella lanza su cartera adentro y no trata de disimular el hecho de que la usa de cojín para verse más alta.

Cuando estamos preparados para irnos, me doy cuenta de que no tengo nada del hotel Bahía para mi álbum, y sí que quiero acordarme de este día.

Digo: "Esperen, olvidé una cosa".

Me bajo y corro hacia el patio. Miro alrededor, y la oficina sigue vacía, así que no puedo pedir una postal o una hoja de papel con membrete. Pero la puerta de la lavandería está abierta, así que entro.

Veo algo. Es una cartera de cerillas que hay sobre un balde azul de plástico lleno de pelusa. La tapa de la carterita dice:

Bar y parrilla
"CAMINO AMARILLO"

Le doy vuelta a la carterita y veo que ese bar con nombre de canción de *El mago de Oz* queda muy lejos de aquí. ¡En Kansas, justo donde comienza la historia de *El mago de Oz*!

Parece algún tipo de señal. Podría decirse que es un augurio. O tal vez la conexión con el mago de Oz sea pura coincidencia. Tomó la carterita y me la meto en el bolsillo para luego correr de regreso a la camioneta.

No les digo nada a Olive o a Gianni de mi increíble hallazgo. Está bien tener uno que otro secreto.

Apenas me siento en la camioneta, imagino que quizá ellos también tengan sus secretos. Están hablando en susurros, y oigo apenas el final de lo que dicen, y las palabras: "Podemos dejarla en su casa primero".

A lo mejor van a irse a comer un helado o quieren salir de paseo a alguna parte y pensar más en todo el asunto de la discriminación o el arte, sin que yo me inmiscuya.

O quizá lo que planean es ir a jugar una ronda de minigolf.

No tengo problemas con eso. Me siento afortunada por haber podido formar parte de lo que ha sucedido hasta ahora durante este día.

No nos tardamos mucho en el regreso a mi casa, y por el camino voy observando los lugares de la ciudad que he visto pero que nunca he mirado con cuidado antes.

Me pregunto que estará ocurriendo en los apartamentos de la calle Walnut y quien estará en el mostrador de la floristería en la calle Fairmont.

Hay tantas personas con tantas historias tras paredes y puertas. De sólo pensarlo me siento satisfecha. Me pregunto también cuántos de los cuartos tendrán ventanas redondas.

¿Tendrá todo el mundo algo que le acongoje el corazón?

Shawn Barr dijo que la razón para levantarse en las mañanas era hacer arte.

A lo mejor eso no fue lo que dijo, pero sí dijo que éramos artistas.

O al menos que él lo era.

Voy a concentrarme en ver mejor el mundo que me rodea.

Randy está en la cocina cuando llego a casa, y está preparando un pastel. No de la manera tradicional, sino mezclando huevos, agua y aceite con el contenido de una de esas cajas con mezcla para pastel. Mi mamá le dijo que podía encender el horno. Ella sigue en el teléfono, en su escritorio, probablemente hablando de sistemas de riego por goteo.

Cuando investigo un poco más (mirando atentamente), veo que tiene dos tazones diferentes y dos cajas diferentes.

Una es de pastel de vainilla y la otra, de chocolate.

Me siento frente al mostrador de la cocina, y lo veo verter parte de cada una de las mezclas en dos moldes. Después, toma una cuchara y revuelve lentamente la masa en ambos.

—¿Qué estás haciendo? —pregunto.

—Pastel marmoleado. Utilicé dos cajas así que tendrá seis capas. Suficiente para dos pasteles de tamaño normal.

—¿Alguien cumple años?

Randy dice: "Seguro. En alguna parte. No en esta casa, pero eso no quiere decir que no podamos armar una fiesta".

Me quedaría a conversar con él, pero quiero trabajar en mi álbum. Además, está entretenido y no me necesita.

Una de las mejores cosas de tener un hermano menor como Randy es que es muy independiente.

Vivimos apenas a ocho cuadras de la escuela primaria Condon, y cuando Randy entró a prescolar, era yo la que tenía que traerlo de la escuela y cuidarlo hasta que Tim regresara de su secundaria. Eso no debía haber sido un gran problema, pero Randy jamás camina en línea recta. Se detiene para acariciar un gato o a mirar las hormigas. Jamás tiene prisa

Yo siempre quería volver a casa rápido, porque Ramón me estaba esperando. Lo primero que hacía cuando abría la puerta de atrás de la casa era subirme a un banquito para alcanzar el bote de esas tiras de carne seca que sirven como premios para los perros y que se guardaban en el estante más alto del cuarto de lavar.

"¡Premio!", decía yo, y Ramón daba vueltas y luego se sentaba.

Luego de una semana de tratar que Randy caminara más rápido, se me ocurrió la idea de darle también un premio a él.

Le dije: "Tenemos que llegar a casa para que Ramón y tú reciban cada uno su premio".

Y eso puso a Randy a moverse. Siempre le ha gustado mucho la comida.

Cuando llegamos a la casa, fui por la tira de carne de Ramón, y Randy dijo: "¿Y yo qué?".

Planeaba darle una galleta o algo en la cocina, pero fue él quien pidió una de las tiras. Y le gustó.

Todo marchó muy bien hasta que me puse mal de la garganta, justo antes de Halloween. Mi mamá no fue a trabajar porque yo estaba enferma, y cuando llegó la hora fue a recoger a Randy a la escuela. Cuando volvieron a casa, él quería su premio y ella fue hacia la cocina.

Pero Randy señaló a las tiras de premio y dijo: "Julia me da una de ésas".

Y el grito que pegó mi mamá se hubiera podido oír a una cuadra de distancia.

Lo único que Randy llegó a decirme de las tiras de carne es que eran saladitas. Le gustaba el sabor. Y, además, le gustaba jugar a que era un perro, y sentarse junto a Ramón antes de recibir su premio.

Eso no era mi culpa.

Ahora está en la cocina combinando masa de pastel de vainilla con masa de chocolate. No quiero que nadie me culpe si no sale bien.

Cuando estoy en mi cuarto, dejo la carterita de cerillas y mi servilleta sobre el álbum y voy a acurrucarme en mi cama.

Tengo muchas cosas en qué pensar.

Me doy cuenta de que a Olive le gusta Gianni de manera especial. Es muy interesante, porque Larry y Quincy también parecen locos por ella, pero a ella no le importa.

No es que quiera ponerme metas fáciles en la vida, pero cuando llegue el momento, creo que será más fácil conseguir novio si ya le gusto al candidato.

Gianni viene de fuera de la ciudad y ha trabajado con famosos, así que eso puede hacerlo más interesante a ojos de Olive. O quizás es que ni Quincy ni Larry son altos como Gianni.

También podría ser que Olive quiere que todo el mundo sepa que puede hacer que un hombre de uno ochenta se interese en ella. No creo que eso sea malo. Pero la señora Vancil decía que vivimos en una cultura en la que la fama es demasiado importante y que, por eso, la gente hace todo tipo de cosas para llamar la atención.

Supongo que, si todo el mundo está atareado llamando la atención de los demás, entonces no hay ante quien llamar la atención, y eso puede ser un problema.

Espero que participar en el montaje de una obra no sea querer llamar la atención.

Podría serlo.

Pienso que el arte verdadero no es nada más llamar la atención, pero tal vez el arte mediocre sí.

Pero ¿cómo reconoce uno la diferencia?

Si arte es algo más que tomar pliegos de papel de colores y hacer un cuadro usando cuatro figuras y tres colores… Si implica tratar de que la gente vea el mundo y su vida de otra manera, entonces tal vez eso es lo que quiero hacer cuando sea grande.

Me pregunto cómo le pagan a uno por eso.

Me gustaría poner algo en mi álbum para no olvidar esta idea acerca del arte, para pensar más en ella.

Si cierro los ojos, me puedo concentrar de verdad (y espero no quedarme dormida, cosa que sucede a menudo cuando estoy tratando de entender algo).

Decido que el arte puede tener dos partes: inventar cosas y sentir cosas.

Abro mi álbum, y dejo espacio para la servilleta negra con estrellitas doradas y para la cartera de cerillas del bar de Kansas. Tomo una pluma y escribo:

Tal vez la principal pregunta para mí es "¿Qué es el arte?".

Tal vez la respuesta sea: imaginación mezclada con emociones.

O tal vez no.

Tal vez el arte es una cosa que toma tiempo entender.

También puede ser que el artista sea la persona que conoce el arte, y que el resto de nosotros estemos ahí para sentirlo.

O tal vez es al revés.

Decidí que podría darme dolor de cabeza si no dejo de pensar en esto, así que ¡a otra cosa! Pero puede ser que haya hecho algún avance. Y tengo una excelente página del álbum, porque es la primera vez que hago una entrada escrita.

Me doy cuenta de que llevo metida un largo rato en mi cuarto, porque huelo los pasteles de Randy y lo oigo gritar: "¿Quién quiere celebrar un cumpleaños?".

VEINTE

El ensayo pinta muy bien hoy.

¡Shawn Barr ya está caminando!

A pasitos cortos, pero ya puede ponerse de pie y no necesita que lo carguen, que es lo mejor.

Agito la mano para saludarlo al entrar y tomo mi lugar en la primera fila de sillas del teatro, pues así es como se supone que debemos empezar cada ensayo. Él no responde mi saludo tal cual, sino con un gesto de levantar el pulgar. Cuando yo le contesto con el mismo gesto, veo que otros niños hacen lo mismo.

Estos niños artistas de teatro son verdaderos copiones. Pero tal vez por eso están haciendo teatro.

Shawn Barr se sienta en una silla especial, y no había visto una de ésas antes. El asiento parece una rosquilla o un flotador de bebé. Es de plástico y redondo y está lleno de aire, con un agujero en el centro.

Shawn Barr cierra los ojos para dejarse caer sobre el asiento, y arruga la cara en un gesto que pareciera decir "¡Huy! Cómo duele".

Pero éste es un gran día no sólo porque nuestro director ya está caminando. Hoy también vamos a conocer a las estrellas de nuestro espectáculo.

Los primeros a los que nos presentan son estudiantes universitarios, y están a cargo de los papeles del Espantapájaros, el León cobarde y el Hombre de hojalata. La manera correcta de referirse al Hombre de hojalata es llamarlo Leñador de hojalata.

Pero nadie lo hace.

El Hombre de hojalata lo interpreta Joe Carosco. El Espantapájaros será un tipo llamado Ahmet Bulgu. Y el León cobarde será Ryan Metzler.

A primera vista me caen muy bien. Especialmente Joe, el Hombre de hojalata.

Todos los munchkins subimos al escenario, y se supone que debemos sentarnos con las piernas cruzadas. Esa posición es más fácil para unos niños que para otros. Los adultos creen que a los niños nos encanta sentarnos así, pero no es muy cómodo. Al menos no para mí. Mis rodillas quedan apuntando para arriba, y Olive dice que eso se debe a que no tengo flexibilidad en la cadera. Me recomienda que haga yoga.

No quiero andar por ahí cargando un tapete de yoga enrollado y con pantalones súper ajustados, así que no me interesa. Pero le respondo como si me pareciera una idea fantástica.

Una vez que estamos todos acomodados en nuestros puestos, Shawn Barr dice: "La hemos estado esperando con expectativa y al fin la tenemos aquí. Esta es nuestra Dorothy. Les presento a Gillian Moffat".

Mira hacia la parte lateral del escenario, que no se ve desde los asientos del público, y de allí sale una mujer. Supongo que se había estado escondiendo porque sabe lo importante que es hacer una buena entrada.

Quiero darle una enorme y cálida acogida. Es una frase que he oído decir en la televisión. "Vamos a darle a esta persona una enorme y cálida acogida". Así que empiezo aplaudir.

Y entonces, todos los munchkins aplauden conmigo.

Me parece que puede ser que se me suba el poder a la cabeza, porque esto de lograr que otros niños hagan algo produce una sensación increíble. A lo mejor terminaré trabajando en el ejército. No es que me gusten las armas, pero resulta que disfruto que la gente haga lo que yo hago. Esto podría significar simplemente que quiero ser jefe.

Gillian Moffat no es estudiante universitaria.

Hace el papel de una niña de catorce años (o la edad que se supone que Dorothy debe tener en *El mago de Oz*) pero en la vida real creo que tiene veintitantos. Sin embargo, parece una jovencita por qué es delgada y flexible. Se mueve de manera juvenil, volteando mucho la cabeza, y habla con una vocecita aguda y vivaz.

Dice: "Gracias. Es un honor y un privilegio formar parte de esta compañía. Ya antes he trabajado con Shawn, y sé, por experiencia, que nos espera una aventura asombrosa".

Lo de aventura me hace pensar en barcos de piratas o exploradores en la selva, no exactamente en una obra de teatro. Entonces, Gillian se voltea y mira hacia la parte lateral: "Y aquí hay otro importantísimo miembro del reparto que quiero que conozcan, y lo llama, ¡Coco!".

Vemos a un terrier salir corriendo de la oscuridad, derechito hacia ella. Este perro se ve exactamente igual a Toto, el de la película. Gillian se inclina y el animalito, bien entrenado, salta a sus brazos.

Este perro es un actor increíble.

Gillian dice: "Les presento a mi compañero de viaje, y mi coestrella en la vida: Coco Moffat".

Todos aplaudimos fascinados.

Supongo que Shawn Barr ya tuvo suficiente, porque levanta ambas manos y dice: "Bueno, ya estuvo bien. Cuando tengan oportunidad, saluden a Gillian y preséntense. Ustedes son muchos, así que no esperen que se aprenda los nombres de todos y cada uno".

Gillian nos hace un saludo con la mano y dice: "¡Pero lo intentaré!".

Shawn se mueve lentamente hacia el piano. Lleva el cojín de rosquilla y dice: "A ver, desde el principio".

Cantamos las canciones agrupados alrededor del piano, y ahora tenemos a Gillian (y no a Shawn Barr) cantando las partes de Dorothy. Tengo que acostumbrarme a la diferencia. Canta muy bien, pero de alguna forma siento que la voz de él le queda mejor al personaje.

Y tampoco puedo quitarle la vista de encima a Coco. Es una tremenda distracción.

El perro de la película famosa de *El mago de Oz* también era un terrier, un terrier escocés. Lo investigué hace un par de días. No es una de esas cosas que yo pueda saber, pero sí es una de ésas que olvido con facilidad.

Y si no la olvido, puede ser que sólo recuerde la parte de terrier y no la de que es un escocés, pues así funciona mi cerebro (así de mal).

Cuando hacemos el primer descanso, oigo que uno de los tramoyistas dice que al perro le pagan. No creo que sea cierto, pero puede ser que haya gente celosa de Coco. Veo que desde un principio lo tratan de manera muy especial.

Justo antes de que termine el primer receso, Charisse nos llama a todos los munchkins para explicarnos unas cosas sobre Coco. Podemos mirarlo y a veces también acariciarlo, pero no podemos alzarlo ni sacarlo a dar un paseo ni traerle nada de comer. Coco tiene puesto un chaleco de animal de asistencia. Así, Gillian puede estar con él en cualquier parte.

Todo esto me da gusto porque me había estado preocupando con qué iría a hacer Shawn Barr con el papel de Toto. Coco sabe exactamente cómo comportarse en el escenario, y eso quiere decir más que nada estar en brazos de Gillian.

Si Olive no fuera mi mentora, yo estaría siguiendo cada paso y gesto de Gillian.

Hay otra persona más que conocemos en la segunda hora de ensayo de hoy, y es el mago. No es un estudiante universitario. Es un hombre que trabaja en un banco, así que eso lo convierte en un banquero, pero me imagino que lo aburre un poco su trabajo y ahora espera encontrar la felicidad en una obra de teatro en las vacaciones de verano.

Se llama Kevin.

No tiene que cantar, porque el Mago no canta en la obra.

Dice que es un pésimo cantante, así que me siento cercana a él. Compartimos eso de no tener un talento.

Pero Kevin se ve genial. Tiene el pelo largo y casi blanco. Nos cuenta que les ha pasado a todos en su familia a edad temprana. A lo mejor están emparentados con Albert Einstein, que tenía un montón de pelo blanco, aunque no logro imaginármelo trabajando en un banco.

Kevin tiene una voz poderosa. Tal vez se deba a que ha pasado mucho tiempo gritando "¡Siguiente!". Está por cumplir cuarenta y dos años, y sigue soltero. Sé estos detalles porque oí a Charisse que se los comentaba a alguien; cuando me fui a lavar las manos porque accidentalmente toqué una zona tras bambalinas en donde había pintura fresca. Corrí con mucha suerte porque era el tipo de pintura que se lava con agua.

También están las dos brujas que aparecen en la obra. No llegan sino hasta el final del ensayo, así que hoy no alcanzamos a cantar con ellas.

Mi plan es mantenerme alejada de estas dos actrices.

La Bruja Mala nos dice que seguirá fiel a su personaje, así que será malvada con todos. Se llama Kitty, no es broma, es su nombre de verdad. Además, creo que tampoco es broma que nos haya dicho que seguirá siendo poco amable con nosotros. Si hubiera dicho lo contrario, pensaría en conseguirle una calcomanía o un llavero de "Hello Kitty", pero tal como están las cosas, mejor me olvido.

La Bruja Buena nos saluda apresuradamente, y luego sale a hablar por su teléfono. Se llama Dana. Va a casarse en septiembre, y tal vez no tiene cabeza para nada más que eso. Oí que Larry le decía a Quincy que nuestra Bruja Buena, Dana, va a participar en una película, y está preocupada por cuadrar tantos planes.

Las brujas se quedan juntas, aunque en la obra no sean amigas. Veo a la bruja Kitty y a la bruja Dana conversando bajo los grandes árboles que hay frente al teatro. He pasado suficiente tiempo con Piper y Kaylee para saber cuándo se llevan bien dos personas. Éstas brujas parece que estuvieran haciendo un montón de planes.

Y esto es algo que aprendí hoy, pero que sólo alguien que forma parte de un grupo de teatro puede saber: en la vida real, Gillian tiene pelo corto, pero para la obra usará unas trenzas que de alguna manera se sostienen en su cabeza y la hacen ver exactamente como la Dorothy de la película.

Lo último que hacemos antes de que termine el ensayo es oír a Gillian cantando "Más allá del arcoíris".

Tiene una voz increíble, y se le ven lágrimas en los ojos durante la canción, como si el mundo entero la estuviera escuchando. Se apoya contra la cerca que instalaron haciendo unos agujeros en el piso del escenario, y mira directamente al público.

Detrás de ella va a aparecer un arcoíris, una vez que los encargados de iluminación decidan cómo hacerlo.

Es un momento muy emocionante para todos.

Me parece que puede ser que Larry y Quincy están llorando cuando Gillian termina la canción. Olive se ve como si la hubiera disfrutado, pero nada más.

Cuando termina el ensayo de los munchkins hay un receso de media hora. Me voy a quedar para trabajar en mi papel de mono volador. Permanezco junto a Olive.

Gillian, Coco y las brujas salen a alguna parte, pero Olive dice que nosotros no debemos ir al carrito del café (y tampoco a los camerinos, en donde hay sillas cómodas) porque puede ser que nos necesiten aquí.

Y tiene razón.

Gianni aparece con nuestros arneses, y nos explica que tenemos cosas qué aprender, así que más vale que empecemos. Resulta que habrá otros tres monos voladores, pero que ellos sí recibirán sueldo y que llegarán en avión desde Cleveland, justo antes de la primera función. Son profesionales de verdad. Tienen un líder que se llama Nikko. No sé si es el nombre de su personaje o el propio. Él hará todas las cosas complicadas como aterrizar justo al lado de la bruja. Así que nosotros somos los monos voladores secundarios. Pero Olive insiste en que somos secundarios, y no extras, lo cual suena mejor.

Lo que hacemos, para empezar, es que nos elevan en el aire, fuera del escenario.

Gianni dice: "Una vez que estén en el aire, las llevaremos suspendidas hasta el escenario. Hay que acostumbrarse al movimiento".

Yo asiento con la cabeza, como si ya tuviera experiencia en eso de que me paseen colgando en un arnés.

Y después pienso en mi hermano, Randy. Él intentó volar. Era su sueño, o al menos su fantasía. ¿No debería ser Randy el mono volador en mi lugar?

Y esto es lo otro que aprendo, que no es tan importante, pero es nuevo: el verdadero nombre de estos monos es "monos alados", y no "monos voladores".

Me estoy convirtiendo en experta en todo esto, así que tal vez debería usar los términos adecuados, pero dejaré que el resto de la gente siga diciendo "monos voladores", porque andar corrigiendo a todo el mundo por ahí no es muy divertido, y termina por convertirse en trabajo adicional.

El resto de los encargados de hacernos volar llega, y nos ponemos a trabajar.

Lo que estamos haciendo es trabajo técnico y, para hacerlo con seguridad, tenemos que ir lentamente y repetirlo muchas veces.

No soy muy buena en eso de hacer las cosas lentamente.

Además, tampoco me gusta tener que repetir las cosas.

Esto es lo otro que aprendo hoy:

1. Dejarse levantar y suspender en el aire no es problemático.

2. Dejarse llevar ya suspendida, con brazos y piernas extendidos y manteniendo el control no es tan complicado.

3. Aterrizar en el lugar adecuado del escenario es muy difícil.

Requiere práctica.

Y eso es lo que vamos a hacer justamente: practicar.

VEINTIUNO

Apenas llego a casa, me sirvo un enorme trozo del pastel marmoleado de Randy. Es de ayer, pero hay muchas cosas de comer que saben mejor con el tiempo. Los espaguetis de mi mamá son un ejemplo de eso. Y también las galletas de crema de cacahuate que ella prepara.

Mastico el pastel y pienso en los dos sabores en mi boca. De alguna manera no son tan diferentes. Quizá la cubierta hubiera sido de un tercer sabor para separar los otros dos.

O quizás es sólo que me encanta el glaseado de pastel.

Mientras como, pienso en Gillian, que hace de Dorothy, y en Coco, que hace de Toto. Pienso en Kevin, el Mago, en Dana y Kitty, las Brujas. No pienso en el León ni en el Hombre de hojalata ni en el Espantapájaros porque no pasé mucho tiempo con ellos. Pienso en Gianni y, por supuesto, en Shawn Barr.

Decido ir a visitar a la señora Chang para hablar de su audición. A lo mejor cambió de idea y ya no quiere participar en la obra. Eso puede suceder cuando alguien pide algo y luego desaparecen los obstáculos. La persona se da cuenta de que ese algo en realidad nunca importó.

Me preocupa que, si la señora Chang está en un arnés colgando de un cable, se pueda caer y aplastarnos a Olive o a mí.

Sé que podría estar en el coro en la Ciudad Esmeralda y cantar, y seguir formando parte del espectáculo. Ésa me parece una mejor idea.

El arnés no es muy cómodo que digamos. No se lo dije cuando estuve allí con Olive y Gianni porque no quería herir los sentimientos de Gianni.

Aprovecho el pastel de Randy como excusa. Envuelvo un trozo en papel encerado y salgo a la calle. Toco el timbre y me imagino que la señora Chang siempre está al otro lado de la puerta, porque se abre de inmediato.

A lo mejor es como Ramón y puede oírme venir desde lejos.

Redacté un reporte sobre eso. Una de las razones por las cuales los perros escuchan sonidos cuatro veces más lejanos que las personas es porque tienen dieciocho músculos diferentes en las orejas. Esos músculos se mueven para que sus orejas tengan un ángulo mejor para percibir un ruido.

No creo que las personas tengan ningún músculo en las orejas. Son sólo un lugar para poner joyas y para mantener en su lugar las gafas. Si pudiéramos mover las orejas, sería muy interesante, pero no es algo que se aprenda a hacer en la clase de educación física, ni siquiera si uno tratara de fortalecer esos músculos.

Le presento el trozo de pastel a la señora y digo:

—Es para usted. Pastel casero.

No le explico que Randy lo preparó, pues ella no lo conoce y, además, él no está aquí para recibir el crédito.

Me parece que es una buena señal que la señora Chang no tenga puesto su disfraz de mono alado. Está vestida con unos pantalones elásticos amarillos y una camisa blanca que se ve demasiado grande y tal vez le perteneció a un hombre. Es el tipo de camisa que una persona corpulenta usaría con corbata y suelta, por fuera de los pantalones. Pero se le ve bien a ella.

—Pasa, Julia.

—Le traje pastel marmoleado de vainilla y chocolate, con porciones de esos sabores, no es que tenga nada de mármol verdadero. Pero no tiene glaseado.

—¿Lo hiciste tú?

Una pausa demasiado larga.

Al final digo: "Se hizo en nuestro horno".

Recorremos el pasillo hacia la cocina. Me gusta esa habitación. Las hierbas secándose que cuelgan del te-

234

cho y todos sus tazones de madera producen un buen ambiente.

—¿Preparo té para nuestro pastel?

Si se refiere a esa cosa que sabe a flores y tierra, yo diría que mejor se olvide, pero en lugar de eso soy bien educada y respondo: "Si le parece bien".

La señora Chang se dirige al refrigerador y saca una jarra de vidrio: "También tengo leche de cabra".

De repente el té que sabe a tierra y flores suena genial.

¿Quién toma leche de cabra? ¿Dónde se consigue?

Nos disfrazamos de cabras para el desfile de mascotas del cual conservamos una foto. Pero no me puedo imaginar cómo se obtiene la leche de ese animal. He estado con unas cuantas cabras, y huelen igual que una habitación llena de calcetines mojados.

Digo: "El té va muy bien con el pastel".

La señora Chang guarda la jarra de vidrio y se pone a prepararnos té. Después pone la rebanada de pastel en un plato y la corta en dos de una manera cuidadosa e interesante. Yo ya comí en casa, pero ella no lo sabe, y sería de mala educación dejarla comiendo sola.

Pensaba que nos íbamos a comer el pastel aquí en la cocina, pero en lugar de eso, una vez que el té está listo, la señora pone todo en una charola grande roja y camina hacia las dos puertas que llevan al patio.

Yo la sigo.

Toma el sendero de guijarros que da la vuelta por detrás de la casa. Desde la calle no se puede ver nada de esto, así que es una nueva zona para mí.

Una vez más me espera una sorpresa: ¡tiene patos!

Sé que hay personas que crían pollos para tener huevos. ¿Pero patos?

Miro alrededor y veo también un pequeño estanque y una zona con hierba y luego algo que parece una casita de madera para perro, pero deduzco que es para patos.

Los tres patos que veo son blancos como la nieve.

Uno está en la hierba, y usa su pico anaranjado para hurgar la tierra. Escarba y parece malhumorado. Pisotea con sus grandes patas anaranjadas como un personaje de caricatura. Nada más que es real. Las patas y pico son del mismo color que las calabazas de Halloween. Increíblemente brillante.

—¡No puedo creer que usted tenga patos!

La señora Chang deposita la charola en una mesa redonda en la que también hay dos sillas. Me advierte: "No les vayas a dar pastel".

Me imagino que los patos entienden lo que dijo, porque apenas pronuncia esa frase, los tres se dan vuelta. Dejan de hacer lo que estaban haciendo, aunque dos no estaban haciendo nada, y vienen hacia nosotros.

Caminan de manera graciosa.

La señora Chang levanta la mano y dice: "No. Ahora no".

Los patos entienden bien. Aminoran el paso, pero siguen su camino hacia nosotros. Las cabezas se mueven con pequeñas sacudidas. Si tuviéramos música en este preciso momento, creo que estarían bailando.

La señora Chang se ve como la señora Vancil en la escuela después de comer, cuando nadie quería estarse quieto. De repente, aplaude una vez y dice: "Ya me oyeron. Ahora no".

Los patos se detienen al oír el sonido. Se agrupan. Siguen moviéndose, pero ahora en círculo.

Me vuelvo hacia la señora Chang: "Me encantan sus patos".

Ella dice: "Sabía que así sería. Después de que nos tomemos el té y el pastel, te daré algo para alimentarlos".

Eso me entusiasma mucho, y me como rápidamente el pastel y tomo tanto té como me es posible. Hoy sabe mejor que ayer. ¿Estaré aprendiendo que me guste?

Podría suceder.

Puedo verme de regreso en la cafetería escolar con Piper y Kaylee, sacando un termo para servirme una tacita de este té verdoso. Eso las enloquecería.

Los patos me impiden concentrarme en cualquier otra cosa, así que me olvido de tratar de hablar con la señora sobre su audición para ser un mono alado.

Le preguntó: "¿Sueltan plumas? Me encantaría tener una pluma de pato".

—¿La quieres para escribir?

—No, es para mi álbum del verano. No sé hacer plumas de escribir.

La señora Chang entiende. El hecho de que ella pueda hacer zapatos, sombreros y disfraces no quiere decir que todos los demás compartamos su habilidad para las manualidades. Pocos minutos después, ella termina su pastel y vuelve a la casa.

Me quedo en el patio, con los patos.

Una vez que ella desaparece, podría decirse que la guardia acaba de dejar el patio de la prisión, porque los patos vienen directamente hacia mí.

En otras circunstancias me asustaría, pero éstos son mascotas, así que deben estar entrenados. Aplaudo, como hizo la señora Chang, pero yo no estoy a cargo y ellos lo saben.

No les toma mucho llegar hasta mis pies en busca de migajas.

Les digo: "El pastel se acabó".

No prestan atención.

Con los patos así de cerca, puedo ver sus blancas plumas, que son tan complicadas. No consigo imaginarme cómo hace el cerebro de un pato para fabricar esas cosas. La parte del centro parece estar compuesta de lo mismo que mis uñas. Pero el resto son capas y capas de algo tan bonito que de repente me veo deseando que me brotaran plumas de la cabeza en lugar de esta maraña de pelo castaño.

Se me debe haber caído una pequeña miga de pastel en la sandalia derecha, porque el más grande de los tres patos me golpea el pie. Chillo: "Déjame".

Retroceden, y no sé quién está más molesto, si ellos o yo.

Afortunadamente, la señora Chang ya viene por el caminito, y los patos la ven y es como si yo me hubiera convertido en un mueble del jardín. Se van directamente hacia su líder.

Ésta es la primera vez que me doy cuenta de que la señora Chang está vestida como un pato. Tiene una camisa blanca demasiado grande y pantalones amarillos elásticos. Si fueran anaranjados, se verían idénticos, pero incluso con este color ella parece su mamá.

Les habla a los tres animales: "Julia les va a dar algo de comer. Sean amables con ella".

Los patos parecen confundidos. Caminan a ella y luego me miran a mí, pero sobre todo mantienen la vista en sus manos, que sostienen un plátano, unas cuantas zanahorias y un pimiento.

Digo: "¿Les gusta eso?".

—Les encanta.

La señora Chang se sienta de nuevo en la silla, junto a la mesa metálica, y pela el plátano. Me lo da.

—Pártelo en pequeños trozos. Es todo un festín para un pato.

¡Ya lo creo!

Ahora que sostengo el plátano, los patos se empujan unos a otros para llegar hasta mí. Debe ser mucho más rico que las babosas, o lo que sea que encuentran escarbando la tierra.

Me encantaría que comieran de mi mano, pero no quiero que me pellizquen un dedo o me lo arranquen, así que les lanzo unos trozos de plátano. Los patos se arremolinan, y tengo que seguirles tirando trozos porque parece que podrían llegar a atacarse unos a otros si cada uno no recibe suficiente.

La señora Chang tiene que aplaudir dos veces y decir: "Bueno, bueno tranquilos, ya".

Le hacen caso, pero sólo por unos momentos y luego vuelven otra vez a ser patos locos.

Cuando se termina el plátano, pasamos a las zanahorias. Les gustan, pero no tanto. Acabo la sesión de alimentación con el pimiento, que es bueno, pero no su preferido.

Me encantaría tener un pato, pero estoy bastante segura de que mis papás no lo aceptarían. No me puedo imaginar que cambiaran el jardín para hacer un estanque y poner una casa de patos, aunque mi mamá podría conseguir todo eso con descuento en su trabajo.

Pero tendríamos que tener más de uno porque me imagino que un pobre pato se sentiría muy solo. Parece que formar parte de un grupo alborotado es la dicha para un pato.

Estos tres tienen nombres, pero están en chino, y desaparecen de mi mente tan pronto como la señora Chang los dice. Y no puedo esperar que los patos usen collares con sus nombres grabados, aunque se verían lindos.

Una vez que los patos se dan cuenta de que se terminó la hora de comer, se van al estanque, se meten al agua y nadan de aquí para allá, muy contentos.

A lo mejor me lo imagino, pero parece que supieran que los estamos observando. Y se ven tan contentos.

VEINTIDÓS

Ahora voy a asistir a dos ensayos cada día y eso significa que el horario en nuestra casa tendrá que cambiar. Mamá tiene sólo un receso en su trabajo, y lo aprovecha para ir a recogernos.

Randy pregunta si podría quedarse esperando durante mi segundo ensayo, para que así Papá o Mamá sólo vayan una sola vez al teatro, pero yo respondo en voz demasiado alta: "No. Shawn Barr dice que los ensayos tienen que ser cerrados, ¡y tú no eres más que un munchkin!".

No termino de decirlo y ya me siento mal, especialmente cuando veo que Randy mira fijamente al piso, como si hubiera algo muy importante en la alfombra, junto a su pie.

Acabo de herir sus sentimientos.

Estoy pensando sólo en mí y no en Randy o en mi mamá y que tenga que manejar una vez más.

Pero no me disculpo ni digo que preguntaré si Randy puede quedarse. Quiero ser la única niña entre los adultos del segundo ensayo, y tengo tantas ganas de que así sea que no me importa ser egoísta.

Espero.

Mi mamá no dice nada.

Randy tampoco.

Entonces, digo sin levantar mucho la voz: "Mamá, puedo averiguar si Olive podría traerme a casa. Así no tendrías que ir al teatro dos veces".

Confío en que eso suene amable. Pero en realidad sigo pensando en mí misma, incluso más que antes, porque me doy cuenta de lo divertido que sería pasar un rato en el coche con Olive.

Le sonrío a Mamá. Estiro los labios, y siento que se me pegan a los dientes.

He visto fotos de cuando hago esa cara y sé que no se ve bien. Voy a tener que ensayar algo más relajado y sincero. Trato de aprovechar las herramientas para sentir las emociones desde dentro que he aprendido con Shawn Barr.

Pero estoy segura de que es el remordimiento lo que más se muestra en mis labios.

Mamá dice: "Bueno, ésta es una temporada muy agitada en mi trabajo y no creo poder salir cuatro veces al día".

Respondo: "Pero claro que no. Veré qué puedo hacer".

Mi mamá me mira y es un momento muy incómodo. Tiene un modo de entrever mi verdad, y no puedo seguir manteniendo esta sonrisa falsa.

Y luego se me ocurre otra cosa. Digo: "Puede ser que la señora Chang también participe en la obra. Estoy segura de que podría volver a casa con ella".

Me doy cuenta de que a mi mamá le agrada la idea de inmediato: "¿La señora Chang va a actuar?".

Randy levanta la vista de la alfombra. Si se sintió herido, ya no lo demuestra. Dice: "Es demasiado alta para ser munchkin".

Explico lo de la audición para mono alado, y también agrego que, con algo de suerte, la señora será quien se encargue del vestuario y que es una conductora cuidadosa y que, obviamente, vive en nuestra misma calle.

A mi mamá le parece una solución perfecta. Dice: "Es posible que además tenga que presentarse temprano, por razones del vestuario, por ejemplo. Eso quiere decir que también los llevaría a los ensayos. Así que yo podría pedirle a su papá que pase por allá a recoger a Randy cuando venga camino a casa, ¡y no tendría que manejar!".

Éste es un caso clásico de "Das la mano y te agarran el pie". Es otra de esas expresiones fabricadas por una persona que no sabía bien de lo que hablaba. Si le doy la mano a alguien para no perderme en la multitud, sería muy incómodo que me tomara también el pie, pues nos impediría movernos con facilidad y tendríamos que quedarnos en el mismo lugar. Lo que funciona en esa situación es tomarse de la mano, no del pie. A menos que las dos personas junten sus pies... pero eso no es lo mismo que tomarse del pie.

Como sea, no voy a pedirle a la señora Chang que nos lleve al teatro, pero asiento como si fuera a suceder más adelante.

Salgo de la cocina para ir a mi cuarto a trabajar en mi álbum. Tengo plumas de los patos de la señora Chang, y las pego en una página aparte.

Un rato después vuelvo a la cocina y me como ocho duraznos. Probablemente me duela el estómago más tarde, pero no lo puedo evitar. Cuando hay duraznos a mi alrededor, pierdo el control por completo. Son perfectos. Afortunadamente sólo tenemos en casa durante el verano. Me siento mal con toda mi familia porque me comí todos los que había en el frutero.

No pruebo el sándwich que Mamá me preparó, pero, por suerte, Randy se come el suyo y le parece bien seguir con el mío. Así nadie me va a regañar por desperdiciar comida. A ojos de mi mamá, no hay nada peor que eso.

Supongo que matar o asesinar son cosas peores, pero ella parece opinar que el primer paso hacia una vida llena de violencia es desperdiciar comida.

Mamá vuelve dos horas después, para llevarnos al ensayo. Se da cuenta de que ya no quedan duraznos, pero debe creer que Randy se comió cuatro y yo los otros cuatro. No digo nada.

Tan pronto como llegamos al teatro, me olvido de buscar con quién volver a casa, y también me olvido de Randy. Olive ya está ahí, y se pasa el tiempo mirando a todas partes.

Me parece que está tratando de encontrar a Gianni.

Pero él no está en el teatro. Al menos, no se ve ni en el escenario ni en sus alrededores.

El tiempo se pasa volando cuando Shawn Barr está a cargo del ensayo, porque nos obliga a movernos de un lado a otro y porque siempre está dándonos indicaciones sobre cómo arreglar detalles aquí y allá.

Creo que somos todo oídos a lo que nos dice. Somos como los patos cuando la señora Chang aplaude. Sabemos quién manda.

Hoy es el día en que se supone que viene la señora Chang a probar el arnés. Me entusiasma mucho la idea.

Randy arregló su regreso a casa por su lado, con un niño llamado Gene, así que no tengo que preocuparme, cosa que en realidad no estaba sucediendo. Espero que Randy no se haga la idea de que no me importa lo que le pase, porque no es así. Pero es un hecho que no soy el tipo de niña que puede tener un montón de ideas en la cabeza al mismo tiempo, como el asunto de su regreso.

Es posible que eso signifique que voy a ser una pésima madre. Uno de los trucos de ser papá o mamá es recordar una gran cantidad de cosas a la vez. Al menos eso es lo que oí que le decía mamá a papá cuando él olvidó recoger a Tim de una práctica de deportes.

Olive y yo estamos sentadas en el borde del escenario, columpiando las piernas que nos cuelgan desde allí. Somos de la misma altura, pero mis piernas son más largas.

A lo mejor Olive está pensando en eso de no ser alta, porque dice: "Recuerda: Charlotte Brontë medía apenas un metro con cuarenta y cinco".

Respondo: "No lo olvidaré".

Sin embargo, no pregunto "¿Quién es Charlotte Brontë?".

En la escuela hay un montón de niñas que se llaman Charlotte, pero no me acuerdo de ninguna cuyo apellido sea Brontë. Eso no impide que yo diga con voz muy seria: "Charlotte Brontë nunca dejó que la intimidaran".

Afortunadamente, Olive ya terminó con la tal Charlotte.

Dice: "La reina Victoria no llegaba a medir un metro cincuenta".

Hago un gesto de asentimiento. He oído hablar de la reina Victoria, pero no sé nada de ella.

Entonces Olive dice, con un exagerado acento británico: "Dios salve a la reina".

Repito: "Dios salve a la reina".

Olive suelta una risita.

Y vuelvo a decir: "¡Dios salve la reina!", trato de imitar su gracioso acento. Me sorprende lo parecida que sueno a la propia Olive.

Entonces ella dice: "Eres muy buena para hacer imitaciones. Eso es una habilidad de verdad. Tienes que seguir trabajando en eso".

Supongo que no había pensado que eso fuera un talento. Puedo hacer que la abuela Guantecitos se ría al imitar la voz de mis hermanos. Es una excelente noticia que Olive crea que esto es algo bueno, porque hasta ahora no he encontrado un verdadero talento en mí.

Estoy columpiando las piernas cuando se abre la puerta de atrás del teatro y entra la señora Chang. Lleva puesto el disfraz de mono que hizo, pero ahora también tiene cara de mono. Es tan real que al principio no estoy segura de que sea ella. Tiene una especie de máscara, y los ojos son los suyos, pero la nariz y la boca y el resto son de puro mono alado.

Me quedo mirándola.

Olive también.

Y luego oigo: "Hola, Julia. Hola, Olive".

Es desconcertante ver que a medida que se acerca se ve aún más real.

Grito: "¡Señora Chang! Me está asustando".

Ella responde: "Ésa es la idea".

Pregunto: "¿Cómo consiguió la cara de mono?".

—La hizo mi amigo Stan. Solía trabajar en California, en un parque de diversiones en el que montaban grandes festejos para Halloween.

No sé de qué está hablando, no tengo ni la menor idea, pero hago como si lo supiera y exclamo: "¡Qué buen plan, el de Stan!".

Y agrega: "Podrá hacer algo mejor cuando tenga materiales nuevos. Esto lo hizo con lo que tenía por ahí en su garaje".

Me pregunto dónde vivirá Stan y que hay en su garaje. Y también pienso si irá a poner ese tipo de maquillaje en mi cara, porque yo también soy un mono.

¡Qué emocionante!

La señora Chang se sienta en una silla plegable cerca de mí, y luego aparece Gianni. Trae los arneses para volar. Tras él viene uno de los tramoyistas. Me parece que le dicen Maní. Lleva una especie de colchón enrollado, que carga sobre el hombro, como si fuera un tronco. Lo deja en el piso del escenario y lo desenrolla. Parece un buen lugar para echarse una siesta.

Olive de inmediato se pone de pie.

Yo hago lo mismo que ella, porque es mi mentora.

Dice: "Hola, Gianni", sonríe y se ve muy vivaz.

Yo digo: "Hola, Gianni", con una voz que suena muy parecida a la de Olive.

A Gianni le da risa, y la señora Chang sonríe. Olive se da vuelta y me mira, nada contenta. Me susurra: "No me remedes".

Hace un momento yo tenía una habilidad increíble, y ahora resulta que ya no es una cosa buena.

Pero no quiero hacer enojar a Olive. Me acerco a la señora Chang y le pregunto, ahora sí con mi propia voz: "¿Está lista para hacer unos intentos de vuelo?".

Esto vuelve a poner a todo el mundo a pensar en la razón por la cual estamos aquí, y los distrae de mi capacidad para repetir cosas.

Veo que Olive ya me perdonó. O si no, simplemente está contenta porque Gianni está a su lado.

Gianni se acerca a la señora Chang y le dice: "Su maquillaje es de primera".

La señora Chang asiente: "Lo hizo Stan, que es todo un profesional".

—Ya lo veo —dice él.

Y luego aparece Shawn Barr, andando a pasitos por la parte lateral del escenario. Dice en voz alta: "Veo que hoy nos acompaña una artista experimentada".

Se refiere a la señora Chang.

Él no sabe si ella podrá actuar, pero supongo que el disfraz y el maquillaje le indican algo. Se dirige hacia ella, caminando como un pingüino.

—Sufrí un accidente en pleno ensayo y estoy en recuperación. Normalmente no camino así. Me llamo Shawn Barr. Es un placer conocerla.

La señora Chang le tiende la mano, que está cubierta con algo que parece un guante gris que va hasta el hombro. En el brazo tiene una especie de piel. En lugar de estrechársela, Shawn Barr se inclina y le besa la mano enguantada.

Éste no es el Shawn Barr que conozco.

Ella dice: "Yan Chang. El placer es todo mío".

Es imposible saber qué edad tiene la señora Chang cuando tiene puesto su traje de mono alado. Así que quizás ésta sea su manera de enfrentar el problema de la edad y la discriminación.

Me parece que la señora Chang y Shawn Barr tuvieron un buen comienzo.

Lo siguiente es que Gianni le ayuda a la señora Chang a ponerse uno de los arneses. Los otros dos señores que se encargan de los cables llegan, y la señora Chang queda suspendida encima de la colchoneta.

Supongo que no quieren correr ningún riesgo.

La abuela Guantecitos dice que es bueno ser competitivo cuando uno juega ping-pong o hockey sobre hielo, pero no tanto en otras cosas de la vida. Me ha explicado que los adultos muy competitivos no son más que idiotas. Y piensa que los niños también pueden ser demasiado competitivos (y portarse como idiotas).

Es difícil trazar una línea entre lo que uno quiere para sí mismo y lo que quiere para otras personas. Observo a la señora Chang y tengo la esperanza de que le vaya bien. Pero tan pronto como la veo en el aire, siento algo en el estómago.

Me pregunto si esto se remonta a la época en que la humanidad vivía en cuevas, y no había suficientes piedras afiladas y había que ser competitivo para sobrevivir. Y entonces puede ser que una vez que la gente pasó de vivir en cuevas a cabañas y luego a edificios de apartamentos, siguiera conservando este instinto.

Hoy nos enteramos de que la señora Chang sí puede ser mono alado.

No diría que es tan buena como Olive o yo.

No quiero mostrarme competitiva con ella, así que no voy a juzgar. Nada más diré que no hace falta enseñarle cómo caer justo en su marca, y yo todavía estoy aprendiendo eso. Shawn Barr se ve muy feliz cuando la señora Chang acepta hacer los disfraces de monos alados y tomar parte en el espectáculo. Los otros monos, los que vienen de Cleveland, ya mandaron sus medidas, y ella se encargará también de esos disfraces.

No pasa mucho tiempo antes de que las dos vayamos de regreso a casa. Pensé que la señora Chang tendría un coche especial, porque todo lo que tiene que ver con ella es diferente, pero el suyo es un coche plateado común y corriente, con asientos grises.

A pesar de eso, es muy divertido ir con alguien que va vestido de mono alado. En los semáforos los otros conductores hacen sonar la bocina o saludan. Me siento como si fuera desfilando con una estrella del rodeo o con la chica del pueblo que logró clasificar para las Olimpiadas. Me tocan las sonrisas que van dirigidas a ella, y eso se siente genial.

Una vez que llego a casa, me siento mal por no poder compartir esa experiencia con Randy, porque le habría encantado. Pero él está entusiasmado con su nuevo amigo, Gene. Supongo que no se habían dado cuenta de que tenían cosas en común hasta que la mamá de Gene se encargó de llevar a Randy de vuelta a casa. Se rieron mucho en el coche e incluso pararon en el camino a tomar malteadas de fresa.

Todo está conectado. Yo no estaba tratando de conseguirle a Randy un nuevo amigo. Yo nada más estaba siendo egoísta, pero supongo que resultó.

La señora Chang ahora siempre me traerá de regreso a casa de los ensayos, y Randy siempre va a volver con Gene.

No quiero llegar a la conclusión de que pensar en mí antes que nada puede ser bueno, pero hoy resultó bien.

Mamá llega a casa, y está contenta porque no tuvo que manejar más de la cuenta y logró terminar todo su trabajo. Papá llega con una sorpresa y es que trajo pizza del restaurante italiano de Nancy y Dan. No comemos pizza con frecuencia porque tratamos de alimentarnos de forma saludable, lo cual es una tristeza.

La pizza sería mi primera opción para una comida, si yo pudiera decidir.

Estoy tan cansada luego de todo lo que pasó hoy que me acuesto temprano. Ni siquiera me lavo los dientes, cosa que no está nada bien.

A pesar de que hay tantas cosas sucediendo, como que la señora Chang está en la obra, que a Randy le caiga bien su nuevo amigo y que Papá llegue con pizza de pepperoni, echo de menos a Ramón cuando me meto a la cama. Le gustaba tanto dormir. A las 7 de la noche se apagaba, como si fuera una luz.

Pongo el collar de Ramón y también la figura de madera de él sobre mi cobija.

Mi Papá dijo una vez que regalar algo que uno no quiere no es generosidad. Pero regalar algo que uno quiere sí lo es. Si no vas a comerte tu sándwich de atún y le dices al niño que está enfrente: "Oye, ¿lo quieres?", entonces no es cosa de generosidad.

Puede ser que seas una persona que no soporta el olor del atún, nada más.

Pero si regalas tu chocolate porque sabes que a tu amigo le encantará, entonces sí que hiciste un sacrificio.

Papá dice que una de las cosas más valiosas que uno puede dar es su tiempo. Él vive muy ocupado, así que tal vez por eso lo dijo. Pero le pregunté a Olive, y me contestó que eso se va haciendo más cierto con los años… Supongo que, como uno se va quedando sin tiempo, el que tiene vale más.

Parece que a todo el mundo le gusta el dinero, así que entregar dinero siempre es un acto de generosidad, a menos que uno tenga tanto que ni se da cuenta de que le hace falta. Entonces ya no es generosidad, sino ostentación.

Me pongo a pensar que yo sería generosa si algún día regalara la figura de madera de Ramón, o su collar.

Cierro los ojos. Mientras me voy quedando dormida siento el Ramón de madera junto a mí, pero de alguna manera se convierte en mi perro de verdad y lleva puesto un arnés para volar.

Ambos nos elevamos, suspendidos mediante cables metálicos que nos sacan por la ventana. Miramos hacia arriba y vemos que los cables se sostienen más allá de las estrellas y nos alzan más alto, hacia la oscura noche azul. Pronto vamos volando por el cielo, por encima de la ciudad.

Miramos hacia las calles allá abajo, y vemos los árboles y las luces de anuncios y ventanas.

VEINTITRÉS

Al comienzo del segundo ensayo de hoy, Shawn Barr y la señora Chang son sólo sonrisas cuando les cuento lo que he averiguado sobre L. Frank Baum.

Les digo: "Vivió hace mucho, muchísimo tiempo, pero su imaginación era enorme porque escribió historias en las que había inventos que podríamos decir que son los teléfonos y las televisiones de hoy".

Prácticamente me había aprendido de memoria esa parte de la página de Wikipedia.

Shawn Barr exclama: "¿En serio? ¿Es verdad?".

Hago un gesto con la cabeza para indicar que sí. Tengo suerte de que no me pida más detalles porque no sé en qué historias figurarían esos inventos. Necesito alejarlos de los datos históricos de L. Frank Baum, así que agrego: "Aprendo más cuando tengo que averiguar las cosas yo misma".

A la señora Chang le gusta lo que digo: "Y todos aprendemos más cuando estamos interesados".

Shawn Barr dice: "Es lo que aprendes después de que crees que ya sabes todo lo que importa".

No se me ocurre ningún otro dicho que incluya la palabra aprender, así que remato: "También es muy importante aprender a callarse cuando toca".

A Shawn Barr y la señora Chang les gusta este dicho más que lo anterior.

Lo principal que he aprendido en este verano no es a cantar y bailar o encontrar mi puesto en el escenario. Tampoco es mantener mi cuerpo rígido y sostener los brazos abiertos cuando estoy suspendida con el arnés. Tampoco es esperar mi entrada en medio de la música ni contar cuando salimos de nuestros escondites para el primer número musical.

Es esto: cómo andar entre estudiantes universitarios.

Son divertidísimos.

Los estudiantes no sólo forman parte del reparto, sino que tienen todos los empleos aquí, y hay mucho por hacer. Hay una taquilla, con alguien vendiendo boletos. Hay técnicos de iluminación, tramoyistas, y los que se encargan de cables y arneses para hacernos volar. Hay un departamento de peinado, uno de maquillaje y otro de arte. ¡Y no es como un gran centro comercial; así se llaman los grupos!".

¡Y todos somos gente de teatro!

Los estudiantes van vestidos con overol, y tienen manchas de pintura en los zapatos. No me gustan los tatuajes, pero a los estudiantes de arte, sí. También les llaman la atención los aretes de oro, las bufandas, pañuelos y los sombreros.

Y aquí hay otra cosa que puedo afirmar: los totopos con salsa son algo que puede comerse a cualquier hora del día, o de la noche. Los estudiantes universitarios se mueren por esos triangulitos crocantes de maíz con salsa picante, incluso para desayunar. También les encantan las rosquillas, el café, los rollitos primavera y las mentas.

Me parece que todos ellos se sienten libres porque no tienen a sus padres diciéndoles lo que tienen que hacer y lo que no, pero tampoco son como los típicos adultos porque no tienen jefes, a menos que los profesores cuenten como jefes.

Aunque un profesor no es un jefe, sino un guía que tiene algo de poder sobre tu vida, pero no la capacidad de obligarte a tender tu cama o a comerte los deditos de pescado, si resulta que no te gustan los deditos de pescado.

Hace dos semanas que empecé a asistir a ambos ensayos, y estoy demasiado ocupada para trabajar en mi álbum o escribirle una carta a Piper. Ni siquiera busco tanto a Ramón, y eso me hace sentir mal. Pero ya no lo "veo" en todos sus lugares habituales, como me sucedía antes.

Tal vez estoy asimilando ese espacio vacío. O a lo mejor tener tantas cosas nuevas en la vida llena ese hueco.

Sin embargo, hay una cosa mala que ha pasado: Olive no se ve tan feliz como estaba antes de la llegada de Gillian y Coco.

Me parece que Olive y Gillian podrían ser buenas amigas, pero hay un problema entre ellas, y ese problema es Gianni.

A ambas les gusta.

Yo soy apenas una niña, así que no he tenido un novio y no tengo experiencias personales para ayudarme a entender este tipo de cosas. Ha habido niñas en mi curso y quizá me ha gustado el mismo niño que a alguna de ellas, pero ¿cómo iba a enterarme?

Stephen Boyd no tenía ni idea de que yo pensaba en él cuando me aburría en clase.

Es diferente cuando uno se hace mayor.

Por lo que puedo ver, este tipo de sentimientos tan fuertes llevan a la gente a comportarse de manera extraña. Los adultos creen que hay que mostrarles a los niños quién manda. Tenemos que levantar la mano, hacer fila y esperar a que nos pregunten. Pero ahora estoy viendo hasta qué punto los adultos pueden descontrolarse, y sería bueno que tuvieran unas cuantas reglas para sí mismos.

Algo que tengo claro es que casi todas las canciones que suenan en la radio tienen que ver con el problema de los sentimientos, que también se llama "enamorarse perdidamente". Creo que eso de "perdidamente" es muy cierto. Nadie se enamora claramente, ni directamente. No sucede cuando se anhela que suceda, sino cuando uno menos lo espera.

Sí.

Perdidamente.

Aquí hay varios que andan perdidamente detrás de otros.

Esto es lo que sé que ha sucedido: antes de que Gillian apareciera, Gianni y Olive fueron a cenar juntos. Fueron al cine. También salieron a pasear en canoa.

Me imagino que lo mejor fue el paseo en canoa, porque un niño y una niña sólo se suben juntos a una canoa si se gustan de verdad.

Yo no lo sabía hasta que Olive me lo dijo.

Tampoco sé si se puede decir lo mismo de una salida en lancha de remos o de motor. Hubiera preguntado, pero no se me ocurrió en ese momento.

Olive dijo: "Alquilamos una canoa y fuimos remando por el río, y estaba atardeciendo y fue tan romántico".

Me pude imaginar todo hasta que habló de lo romántico. Sigo sin entender esa parte. A mí me suena a que dos personas alquilaron una canoa. Mi experiencia en esos terrenos tiene que ver con chalecos salvavidas y mojarme cuando debía permanecer seca. Otra cosa que me ha pasado es que remar parece muy divertido, hasta que uno empieza a hacerlo. Entonces, es como barrer hojas, y se convierte en un tremendo esfuerzo que puede hacer que a uno le duelan los hombros.

Puede ser que yo no sea una persona que disfrute navegar.

Volviendo a Olive y Gianni, Olive estaba atenta a lo que sucedía después del ensayo el día que Gianni y Gillian se conocieron. Dijo que al instante Gianni se había soltado la banda elástica que le recogía el pelo en una coleta. Los dos se dieron un abrazo como saludo. Pero acababan de conocerse. Jamás se habían visto antes.

Una de las cosas que he visto es que en teatro podemos mostrar nuestros sentimientos. Todo es más intenso que en la vida real. Por eso hay un montón de abrazos entre los adultos, y tal vez también risotadas demasiado fuertes.

A Olive no le gustó ese primer abrazo entre Gillian y Gianni. Vio algo ahí. Los dos empezaron a pasar mucho tiempo conversando, y me imagino que conocen a personas de distintas producciones y montajes en otras partes del país.

Por supuesto que Shawn Barr tiene amigos de teatro en todas partes. Pero los demás no.

Así que tal vez eso es lo que hace que Gianni y Gillian sientan alguna forma de conexión.

Cuando Olive y yo estábamos tomando algo junto al carrito de los refrigerios, el día en que Gillian llegó, ella me dijo: "Los celos son un veneno que vas tomando cada día".

Miré mi vaso de café helado descafeinado, porque pensé que se refería a algo que tenía que ver con el señor que prepara las bebidas. No pone atención y casi siempre se equivoca con nuestras órdenes.

Pero no. Estaba diciendo algo sobre lo que sucedía entre Gillian y Gianni.

Y algo de razón debía tener porque a los tres días, Gillian contó que había ido a pasear en canoa con Gianni.

Ese día el ensayo estuvo terrible.

Si yo fuera una mejor persona, no querría involucrarme en todo ese teatro.

Éste es el primer dicho que encuentro que se aplique de verdad a mi vida, porque estoy en el departamento de teatro de la universidad, en el montaje de una obra de teatro durante las vacaciones de verano, y ahora tenemos nuestra propia tragedia.

Así que, obviamente, estoy en medio de todo este teatro.

Me siento un poco mal, pero me gusta ver a los adultos en acción.

Olive dice que tenemos que concentrarnos en nuestros papeles, y que el resto no importa. Pero sé que por dentro está triste.

Luego de terminar nuestra parte como monos alados, podemos irnos a casa. Olive siempre se va. Pero la señora Chang se queda un rato con Shawn Barr, así que yo también.

Trato de mantenerme en silencio y oír lo que dicen.

Su conversación casi siempre gira alrededor de la obra. La señora Chang sabe un montón. Me dice que aprenda a prestar atención a los detalles. Lo grande salta a vista de todo el mundo, cosas como que a un actor se le olvide el parlamento o se confunda con los movimientos en escena.

Practico tomar una foto mental de lo que está sucediendo, y de evitar que mi mente ande dispersa. Es difícil hacerlo cuando uno ha visto lo mismo muchas veces. Ya se sabe lo que va a pasar, entonces nada resulta una sorpresa de verdad.

Pero estoy aprendiendo a verlo cada vez como si no lo hubiera visto antes. Me concentro en serio. Lo primero que noto es que las luces del lado derecho no están tan brillantes como el día anterior, porque un foco se fundió.

Un día veo que todos están demasiado apelmazados durante la canción en la Ciudad Esmeralda, y necesitan separarse más para llenar el escenario.

En otro momento puedo oír que alguien canta demasiado alto y que esa voz no se mezcla bien con las demás.

A principio no digo nada, pero Shawn Barr me dice: "Oye, Baby, quiero que me comentes lo que ves. Eres otro par de ojos. Y los tuyos ven más detalles que los míos. Yo no soy más que un viejo histrión que padece degeneración macular".

No sé qué significará eso, y se me olvida preguntarle a la señora Chang.

Creo que quiere decir, nada más, que necesita ponerse sus lentes más seguido. O tal vez quiere decirme que pertenece a otra generación y está viejo, cosa que yo ya sé, por supuesto.

Ahora Shawn Barr nos buscará a la señora Chang y a mí para preguntarnos: "¿Cómo les pareció eso?" y, si he visto algo, le diré.

Lo que es increíble es que Shawn Barr siempre encuentra maneras de hacer que la obra mejore. Tiene trucos para ayudarles con sus actuaciones a Gillian; a Joe, el Espantapájaros; a Ryan, el León; y a Ahmet, el Hombre de hojalata.

Me parece que le encantan las brujas. Especialmente Kitty. Con frecuencia va con ella y le dice algo al oído. No sé qué le habrá dicho, pero ella es verdaderamente aterradora, y creo que se debe a lo que él le ha dicho.

Ojalá tuviéramos un director en la escuela.

En la clase de historia de la señora Vancil teníamos que pasar al frente y explicar parte de la Guerra de Secesión. Hubiera sido mejor tener a Shawn Barr allí, porque me habría dicho "Más despacio en esta parte, Baby, que vas demasiado apresurada". Y quizá también habría dicho: "Habla más alto, para que oigan hasta la parte de atrás del salón. No grites, proyecta tu voz".

Creo que me hubiera dicho que dejara de tocarme el pelo, que es lo que hago cuando estoy nerviosa. Supongo que, en mi curso, todo el mundo habría captado más la historia de Mary Todd Lincoln si yo hubiera tenido la ayuda de Shawn Barr.

VEINTICUATRO

Se acerca la noche del estreno, así que estamos empezando a ensayar sin pausas, de corrido. De un tirón, del principio al fin.

La otra noticia es que hoy será la primera vez que ensayamos con orquesta. Estoy tan acostumbrada a oír sólo el piano cuando canto, que me distraigo mucho.

Pero tengo que reconocer que los de la orquesta son personas increíbles. Comparten un lenguaje escrito que es la música. Jamás entenderé cómo leyendo manchas negras en una hoja sacan un código que los lleva a todos a la misma canción. Probé a aprenderlo con la señora Sookram, y no pude. Los músicos tienen talento de verdad y creo que los demás somos pura farsa; menos Shawn Barr, porque él sí sabe tocar un instrumento y bailar y, sobre todo, hacer reír a la gente.

El estreno es el viernes.

El lunes, terminamos temprano el ensayo porque Shawn Barr necesita hablarnos de los siguientes pasos y de algo que llama el "procedimiento".

A veces se parece a un entrenador, sólo que no como el señor Sarkisian, que era mi entrenador de fútbol el año pasado. Gritaba mucho, pero en realidad sólo me decía la misma cosa una y otra vez: "Julia, sin despegar los ojos del balón".

Yo veía el balón, ése no era el problema, sino que no tenía el instinto para correr tras él.

Eso es una cosa muy diferente de no verlo.

Ramón no tenía el instinto para correr tras una pelota, así que nos parecíamos en eso. Yo podía arrojar todo tipo de cosas para que él las recogiera, pero no le importaba. Habría sido diferente si le hubiera lanzado una chuleta de cerdo, pero nunca lo hice.

De vez en cuando sí corría tras un palo. Pero la mayoría de las veces me miraba con cara de "¿Qué crees que estás haciendo?". Yo no tenía inconvenientes con eso, porque tampoco le veía la gracia. Además, no soy muy buena para lanzar cosas.

—Este viernes todos nuestros esfuerzos deberán unirse y encajar —nos dice Shawn Barr—. Mañana tendremos el primer ensayo general completo, con maquillaje, vestuario y a la hora de la función. En un mundo ideal, los munchkins deberían quedarse tras bambalinas durante toda la función, aunque su escena haya terminado, y luego saldrían todos, en grupo, a la hora de los aplausos. Olive, Larry y Quincy son adultos, pero los demás son niños. No pretendo que esperen hasta el final, a menos que sus papás estén entre el público esa noche. Pueden volver a los camerinos y quitarse sus trajes para irse a casa en cuanto terminen de cantar "Por el camino amarillo". Pero claro, los que quieran quedarse son bienvenidos.

Obviamente, me voy a quedar.

Miro a mi alrededor y me doy cuenta de que todos los niños quieren quedarse también.

Espero que sus papás no lo permitan.

De alguna manera, a lo largo de este mes, he empezado a verme como estudiante universitaria. O al menos de final de bachillerato.

Los demás munchkins son niños.

Quiero que todos se vayan y se metan a la cama.

Trato de imaginarme lo que sería salir a recibir aplausos nada más con Olive y Larry y Quincy, y me parece que sería genial. Pero creo que no debía ser egoísta: mi hermano Randy también podría estar allí. Y su amigo Gene, si de verdad quisiera. También tengo que admitir que me caen bien las niñas de las canciones de cuna: Desiree, Sally y Nina. Y hay una munchkin, Robbin Tindall, que es la persona más simpática que he conocido en la vida. Si tuviera más tiempo, le preguntaría si quiere ir a jugar a los bolos. Tengo que averiguar a qué escuela va. Creo que a Piper y Kaylee también les caería bien.

No puedo ponerme a pensar en eso porque la salida a aplausos es lo más importante y debo concentrarme en esa parte del espectáculo. Me entusiasma eso de recibir aplausos. Y luego me doy cuenta de que tendré puesto mi traje de mono alado, ¡no puede ser!

¿Será mejor eso que salir con el resto de los munchkins?

No creo que sea fácil quitarme todo el maquillaje y ponerme de nuevo el otro disfraz, así que no importa cuántos niños se queden hasta el final. Yo no estaré entre ellos. Saldré con Olive y la señora Chang y los tres de Cleveland que llegaron ayer. Son amables con nosotros, pero no se integran del todo, como si jugaran en ligas mayores. Olive dice que debemos ser bien educados con ellos y no preocuparnos. Es un alivio tener una mentora, aunque ahora pase más tiempo con Quincy y Larry.

Estamos juntas largos ratos, pero parece que Olive ya no recuerda nuestros buenos momentos al comienzo.

La semana pasada Olive apoyó su cabeza contra el hombro de Quincy al final del ensayo. Todos estábamos cansados, pero ella parecía más triste que agotada. Vi unas lagrimitas en sus ojos luego de que Gianni se fue tras bambalinas. Ni siquiera se acercó para hablar con nosotros. Desde ese día, Quincy empezó a traerle regalos. Le dio un libro de poemas y una lata de refresco y también un brownie con cubierta de crema de mantequilla. Ella agradeció todo, pero no se veía muy emocionada.

Me pregunto si leyó los poemas. La poesía es una de esas cosas que implican un esfuerzo mayor que su recompensa, porque los poemas que he leído tienen acertijos y uno tiene que descifrarlos para entender que es lo que quiere decir el autor. Prefiero que, si alguien quiere decir algo, lo expliqué directamente.

Creo que si Gianni le entregara a Olive una servilleta del carrito del café, ella hubiera respondido con una sonrisa más grande. Además, me cedió el brownie cuando Quincy no estaba mirando. Por eso sé que la cubierta era de crema de mantequilla.

En el coche, de regreso de los ensayos, la señora Chang repasa todo lo que yo no entiendo. Vamos rumbo a nuestro vecindario cuando dice: "El momento antes de que se estrene una obra es bastante emotivo. Todo el mundo está cansado, pero también hay mucho entusiasmo. Puede ser que haya pequeños dramas".

Estamos detenidas en un semáforo, así que me mira. Sé que debe estar agotada. Yo me siento mayor que cuando empezamos, y soy apenas una niña.

La señora Chang hizo casi todo el vestuario de los munchkins, y fue también la que fabricó los trajes de los monos alados.

Es un secreto, pero también se llevó el disfraz de Ryan, el León cobarde y lo arregló. Una estudiante, llamada Josephine, estaba haciendo el disfraz como parte de su tesis de grado. No tengo idea de qué quiere decir eso, pero la señora Chang dijo que era como escribir un reporte muy largo. En este caso, Josephine tenía que diseñar y coser el traje del León. Shawn Barr opinaba que la señora Chang podía hacer algo mejor, pero tampoco querían herir los sentimientos de esta estudiante.

Yo creo que Josephine debería ser capaz de darse cuenta de que luce diferente, cuando vea a Ryan, el León en el escenario, pero hasta ahora no ha dicho nada. Nada más parece estar muy orgullosa.

Supongo que cuando las cosas funcionan, nadie presta mucha atención al detalle de a quién le corresponde el mérito.

El semáforo cambia a verde, pero la señora Chang sigue mirándome así que le digo: "¿Su hija irá a ver la obra?".

Sé que ella se vino a vivir a nuestra ciudad por su hija. Lo dijo hace mucho tiempo, aunque en realidad fue hace apenas un mes.

La señora Chang voltea de nuevo a la calle, y dice: "No, no irá".

Podría dejarlo ahí y no hacer más preguntas, y eso es probablemente lo que haría una persona que respeta la intimidad de los demás. Pero no puedo evitar ser tan curiosa.

Pregunto: "¿Y eso? Nos dan cuatro entradas con descuento".

La señora Chang contesta: "Mi hija falleció, Julia".

No lo sabía.

Miró hacia el frente, y me doy cuenta de que en todas estas idas y venidas en su coche hubiera podido preguntarle a la señora Chang por su familia, pero sólo me interesaba la obra, Shawn Barr, Olive, Gianni, los arneses para volar, el vestuario y, supongo, yo misma.

Cierro los ojos.

"Fallecer" es otra de esas palabras que la gente usa y que me desconciertan.

Suena parecido a fallar, y nadie tiene la culpa de morirse.

Ramón está muerto.

Pero la palabra "muerto" es demasiado fuerte para algunos. A lo mejor les duele menos si no la pronuncian.

Sin embargo, ese parecido entre "fallecer" y "fallar" no da la idea de que esa persona ya no existe, y parece que siguiera en otra parte. A lo mejor eso es cierto, que está en otra parte, pero como no sabemos dónde ni cómo, me parece mejor decir que su vida terminó.

Abro los ojos y miró a la señora Chang: "Lamento mucho que su vida terminara".

La señora Chang contesta con voz muy suave: "Yo también lo lamento".

Me gustaría conocer detalles de lo que sucedió... ¿Cuántos años tendría su hija?

Espero.

Avanzamos unas cuantas cuadras, y la señora Chang no enciende el radio. Me parece que iba a hacerlo porque su mano se dirige hacia la perilla, pero se detiene y la regresa al volante.

Entonces, dice: "Sufría de cáncer. Tenía cuarenta y nueve años".

Agrego: "No sabemos qué edad tenía Ramón. Era un perro rescatado de la calle".

Tan pronto como digo eso me siento mal, porque tal vez no esté nada bien comparar a su hija con Ramón, porque no era una persona.

Pero no puedo hacer desaparecer esas palabras.

Ése es el problema cuando uno dice algo antes de pensarlo bien.

La señora Chang se orilla y hay varios espacios libres, así que no tiene que hacer maniobras para estacionar. No es muy buena al volante cuando tiene que estacionarse.

¿Estará enojada?

Apaga el motor y me mira. Su cara se ve diferente: más alargada de lo normal, y sus mejillas parecen caer hacia abajo.

Empiezo a llorar cuando la veo.

Supongo que ella también llora. No lo sé bien, porque se desabrochó el cinturón de seguridad y se acerca y me abraza, y me siento mejor al dejar que las lágrimas rueden por mi cara y luego caigan de mi barbilla a mi blusa campesina.

Lo único que ella dice es: "Los patos eran de Lee. Eran las mascotas de mi hija".

No puedo dejar de pensar en los patos y en eso de "fallar" o "fallecer".

Todos fallecemos un poco todo el tiempo.

Tal vez es por eso que estoy llorando. Lo que somos fallece todos los días y se renueva cada nuevo día, y tenemos que aceptar que tendremos un principio, un medio y un final.

No sé cuánto tiempo pasamos allí detenidas pero, en algún punto, la señora Chang deja de abrazarme y enciende el coche.

Seguimos hacia casa sin decir palabra, y cuando me deja en la mía se despide simplemente con: "Nos vemos mañana para el ensayo general".

He venido pensando con cuidado en qué decir y estoy lista.

Mi voz se oye empequeñecida. Susurro: "La vida es como un cabaret".

Ni siquiera sé qué significa eso, pero oí que Shawn Barr se lo decía la señora Chang hace unos días, y ambos se rieron.

Funciona, porque ella sonríe.

Supongo que el cabaret es una especie de vino.

Espero que la señora Chang vaya a tomarse toda una copa.

VEINTICINCO

Estoy en mi cama, pensando en todo esto, cuando Mamá entra a mi cuarto y me dice que la doctora Brinkman llamó. Que Papá y ella quieren hablar conmigo, así que me imagino que tengo que seguirla.

No parece enojada.

Tampoco parece triste.

Parece más como si guardara un secreto.

¡Qué raro! Estoy tratando de pensar qué será eso que me tienen que contar los dos sobre la llamada de la doctora. Fue ella la que dijo que podíamos esperar para mis frenos. Fue idea mía, pero ella estuvo de acuerdo.

Me siento a la mesa del comedor, porque ahí es donde está Papá. Ramón solía echarse debajo de mi asiento a la hora de las comidas. No es que se estuviera escondiendo, sino que creo que se sentía seguro sobre la alfombra, a mis pies.

Además, era más fácil darle algún trozo de comida cuando nadie miraba.

Papá está sonriendo. Me dice: "¿Supiste que llamó la doctora Brinkman?".

Respondo: "He estado cepillándome los dientes como ella me dijo. Bien pueden revisar que mi cepillo está mojado en las mañanas y en las noches".

Mamá dice: "¡Qué bien, Julia! Pero no era ése el motivo de la llamada".

Papá junta las manos con una palmada y las mantiene unidas. Se ve que está emocionado: "Hizo una gráfica de crecimiento basándose en las radiografías de tus dientes y la de los huesos de tu muñeca".

Lo único que atino a decir es: "Ajá…".

Y de repente Mamá suena como si no pudiera contenerse más: "¡Tienes retraso en el crecimiento óseo, Julia!".

Contesto: "¿Me voy a morir?".

Ambos se ríen.

Es lo menos oportuno del mundo. Aquí está este par, metiéndome todo el miedo del mundo, y muertos de la risa.

Mamá dice: "¡No, claro que no! Lo que te estamos diciendo es que tus huesos crecen más despacio de lo que deberían para tu edad cronológica. A veces sucede".

Papá es el que me cuenta las verdaderas noticias: "¡La ortodoncista piensa que vas a terminar midiendo entre un metro sesenta y uno sesenta y cinco!".

Los miro. Están rebosantes de felicidad.

Siento que algo que no alcanzo a ver se levanta del suelo y me golpea con fuerza. Me derriba y luego tira de mí hacia un mar invisible. Estallo en llanto.

A través de mis ojos llorosos veo que mis papás están conmocionados.

Mamá dice: "¿Qué pasa, corazón?", de un salto me rodea con sus brazos, pero no puedo dejar de llorar.

Consigo responder: "Quiero quedarme bajita".

Y luego me libero de su abrazo y salgo corriendo del comedor.

No entienden.

Me veré pequeña desde afuera, pero soy grande por dentro.

Soy Baby.

Puedo acurrucarme para ir cómoda en el asiento de atrás de la camioneta.

Puedo meterme a la casa por la puerta de mascotas.

Siempre estoy en la primera fila en las fotos escolares.

Soy un munchkin y el más pequeño de los monos alados.

En Guatemala, la estatura promedio de una mujer no llega al metro y medio. Pensaba en viajar allá algún día para sentir que allí sí encajaba. Aquí, en los Estados Unidos, si uno mide un metro con cuarenta y ocho centímetros o menos, puede circular en un coche con placa azul, de minusválido. Y eso quiere decir que puede estacionar donde quiera, y sin pagar estacionamiento.

Mi mejor amiga es Olive, que tiene treinta años y es diminuta.

Charlotte Brontë no era alta y tampoco lo era la reina Victoria.

La madre Teresa de Calcuta llegó a medir apenas metro y medio.

Quiero ser como ellas.

Pero ahora no lo seré. Mediré entre un metro con sesenta y uno con sesenta y cinco.

Así que dicen que no seré bajita. Que seré como el promedio.

Hago que Papá y Mamá me prometan no contarle a nadie.

Está bien tener secretos, especialmente si están relacionados con la vida de cada quien.

Y entonces me acuerdo que me moví en el momento en que la enfermera tomó la radiografía.

No fue nada intencional, pero mi brazo dio un saltito. Fue como un tic nervioso.

No dije nada porque a ella ya le había llegado su almuerzo, una ensalada griega.

Todos creen que voy a crecer, pero yo no lo pienso así.

Mis papás no entienden por qué estoy molesta, pero al menos prometieron no decir nada.

También los hice prometer que no le dirían a la abuela Guantecitos.

Pienso si voy a contarle a la señora Chang que se me movió el brazo, pero decido no hacerlo.

Tampoco voy a comentarles nada a Olive ni a Larry ni a Quincy.

Ni siquiera a Ryan, el León cobarde.

Y definitivamente no le diré nada a Shawn Barr.

Había dejado de preocuparme por eso de crecer o no. Solía pensar todo el tiempo en ese problema. Pero luego me convertí en munchkin y todo cambió. En el país de los munchkins los bajitos son los que mandan.

Si fuera una niña de tamaño normal no me hubieran aceptado allí.

VEINTISÉIS

Esta noche es el estreno.

Mi mamá se asoma a mi cuarto y me ve acostada en la cama, mirando al techo.

—¿Cómo vas? —pregunta.

Respondo: "Bien".

Ella dice: "Te espera una gran noche".

—¿En qué está Randy?

—Se fue a casa de Gene, en bicicleta.

Hago un gesto para dar a entender que eso tiene cierta lógica, aunque yo jamás saldría en bicicleta a ninguna parte el día de un estreno. Necesito pensar en la letra de las canciones y los pasos de cada baile. Tengo que practicar (mentalmente) eso de mantener las piernas estiradas cuando los monos alados surcan el cielo y aterrizan en el escenario. Tengo que concentrarme y preocuparme por todo.

Mamá dice: "¿Seguro que estás bien?".

Contesto: "Me siento rara. Por eso estoy acostada".

Propone: "Te traeré ginger ale".

¡Jamás hay refresco en casa! ¿De dónde va a sacar el de jengibre? ¿Sabía mi mamá que me iba a sentir enferma? Ella tiene un montón de poderes ocultos. A lo mejor fue idea de la abuela Guantecitos. Ella sigue tomando refresco, a su edad. La semana pasada regresó de su excursión a pescar.

Después Mamá dice: "Es normal que sientas mariposas en el estómago".

La oigo caminar por el pasillo hacia la cocina, y pienso en todo esto. Porque no quiso decir que yo hubiera comido mariposas, y que las estuviera digiriendo.

¿Cómo empezaron a usar ese dicho? ¿Le sucedería de verdad a alguien?

Quizás una persona se comió un puñado de mariposas muy pequeñas, aún vivas. Esa persona no las masticó, sino que las tragó enteras, y cuando las mariposas llegaron al estómago, tras pasar por la garganta, abrieron las alas. En mi mente veo una cueva llena de sopa negra hecha de cereal y trozos de plátano masticado (que fue lo que desayuné) que flotan como restos de un naufragio.

Las mariposas tratan de salir.

A lo mejor se organizan y deciden volar todas en la misma dirección.

Tal vez no.

Tal vez cada una vuela hacia donde quiere.

Pero no son ratones ni pájaros, sino mariposas.

Uno las puede sentir adentro, pero no es como si alguien lo pateara desde el interior porque no son lo suficientemente fuertes.

En algún momento, se cansan de volar y caen todas en ese caldo negro y espeso. Me imagino un charco grande que se forma en la calle junto a una alcantarilla después de un aguacero. Hay muchas cosas flotando en ese charco.

Se me ocurre que una mejor manera de describir lo que siento sería decir que tengo polillas en el estómago.

La mayoría de las polillas son de menor tamaño que las mariposas, y serían más fáciles de tragar enteras. Además, tienen las alas más gruesas (al menos las que yo he visto). Pero, en todo caso… ¿quién se traga un puñado de polillas?

Afortunadamente, mi mamá vuelve con un vaso de ginger ale, y me puedo olvidar de los insectos atrapados y concentrarme en tomarme lo que trajo. A veces me pica la nariz cuando tomo ginger ale, tal vez por las burbujas.

Intento averiguar qué tan lejos puedo llevar a mi mamá en esa disposición de ayudar, y digo: "Me sentiría mucho mejor con un plato de helado con salsa de chocolate caliente. ¡Seguro que sí!".

Ella responde: "Tal vez después de que te comas todo el almuerzo".

Tiene sus límites, mi mamá.

Randy llega horas después, y no creo que sienta mariposas en el estómago. Sé que este verano ha sido muy entretenido para él, y que tiene un nuevo amigo. Randy hace muy bien su papel de alcalde de la ciudad de los Munchkins, y tiene esa voz dulce y suave como la miel, y una naturalidad increíble en el escenario. He oído que otras personas lo comentan.

Me volteo hacia él: "¿Piensas que te convertirás en actor cuando crezcas?".

Niega con la cabeza.

Digo: "Pero actúas tan bien en la obra".

Responde: "Quiero ser un quiropráctico. A eso se dedica el papá de Gene. Y si eso no funciona, me haré astrólogo".

Y luego va a la sala y se pone a ver programas malos en la televisión. Supongo que tiene muchos talentos diferentes, y uno de ellos es mantener la calma. ¿Quién iba a pensar que le interesara la astrología? Nunca lo he visto leer ni su horóscopo del día.

Me ducho y me seco el pelo con la secadora, con mucho cuidado.

Después me hago dos trenzas, y las peino cruzándolas por encima de mi cabeza, y fijándolas con ganchos. El gorro estilo maceta me cubre el pelo, pero este peinado me viene bien para la gorra roja que uso cuando hago de mono alado. Me imagino que podría tener el pelo sucio e igual peinarme así, pero no me parece muy profesional.

De alguna manera, dan las cinco de la tarde al fin. Es la hora de salir hacia el teatro. La señora Chang se va por su lado. Su amigo Stan irá también para hacerle el maquillaje de mono alado. Las mariposas se juntan de nuevo tras haber dormido una siesta y, mientras vamos en el coche, muestran que de verdad quieren escapar de mi estómago.

Mamá se detiene frente al teatro. Me doy cuenta de que está emocionada. A lo mejor nunca tuvo muchas ocasiones de ir al teatro cuando niña. Randy y yo estamos en la acera cuando nos grita: "¡Rómpanse una pierna, niños!".

Ya sé que "rómpete una pierna" es lo que se le dice a un actor justo antes de entrar en escena. O también "¡Mierda!". No tengo idea de por qué. Pero no creo que esté bien desearle eso a alguien que se va a poner un arnés para dejarse suspender a más de cinco metros por encima del suelo y luego dejarse mover por el aire sobre un piso de madera maciza.

No me parece bien.

Las mariposas me hacen temblar. Me inclino hacia la ventana del lado del copiloto. Le sonrío a Mamá y le digo algo que he querido decirle durante todo el verano.

—Gracias, Mamá, por hacerme probar esto del teatro.

Y me da la impresión de que en ese instante para ella valió la pena por completo ser mamá.

Nunca voy a olvidar su cara. Es una lástima no tener un teléfono, porque habría podido sacarle una foto fabulosa para mi álbum de recortes. Mamá tiene los ojos llorosos y sonríe. Se ve increíble.

Tengo que recordar lo importante que puede ser dar las gracias.

Sobre todo, a la gente con quien uno vive.

Quizá son los que menos se lo esperan.

En el teatro, todos nos desean a Randy y a mí que nos rompamos una pierna. Randy les responde con la misma frase. Yo guardo silencio. No quiero parecer maleducada, así que sonrío, pero... ¿se acordarán todos ellos que vimos caer a Shawn Barr de una escalera y que luego se lo llevaron los paramédicos?

Sigo batallando por contener a las mariposas.

Randy y yo vamos hacia los camerinos, que están abarrotados. Un grupo numeroso de amigos de los estudiantes de teatro han venido a ayudar con el maquillaje de los munchkins. Nos han maquillado para los dos ensayos generales pero, como somos tantos, se acabó el tiempo y la mitad de los munchkins quedaron a medias.

Ahora sí vamos en serio y a todos nos dedican la atención necesaria. Me siento en un taburete y una chica me dice que frunza el ceño. Lo hago. Me pide que mantenga ese gesto y, con un delineador café, me dibuja unas marcas.

Me miro en el espejo cuando termina.

No me parece que me vea vieja.

Parezco más una niña a la que alguien le garabateó unas líneas en la cara.

No quiero armar un drama. Y eso sí que tendría sentido en esta situación. Pero no pienso desatar una tragedia a estas alturas del partido, aunque no estemos en una competencia deportiva. Jamás he estado en un vestidor deportivo. Debe ser como el camerino de un teatro en la noche de un estreno.

Después de que todos tenemos esos rayones descuidados en la cara, nos llevan a la zona de vestuario. Es un poco absurdo porque, aunque nos separan a los niños de las niñas, sólo nos divide una cortina y puedo ver que Nicky Oldhauser se la pasa espiando por detrás de la sábana blanca.

Con gusto lo delataría, pero nadie tiene tiempo de regañarlo.

Por alguna razón, las niñas no tienen mayores inconvenientes para ponerse sus disfraces, pero muchos de los niños requieren ayuda.

Tras bambalinas, veo que varias personas le han traído flores a Gillian, y me parece bonito. Ella es la estrella de este espectáculo, así que se merece toda la atención. No puedo evitar las ganas de que alguien me traiga flores a mí.

Y entonces sucede algo increíble. Kevin, el banquero que hace de Mago, llega y ¡le da un beso a Gillian!

No es un beso apresurado, sino uno de verdad en el que parece que estuvieran pegados con imanes en los labios.

¿Qué está pasando ahí?

Miro a Olive, que también ha estado atenta.

Debería estar metiéndome en mi personaje y haciendo los ejercicios de voz que me han enseñado. O al menos debería dejar de estorbar y callarme, pero voy derecho adonde Olive y le digo: "¿Viste eso?".

Ella se encoge de hombros y ya.

Pregunto en un susurro: "¿Qué crees que está sucediendo?".

—Gillian dice que Gianni no fue más que un capricho pasajero —me dice—. Ha estado viéndose con Kevin desde el fin de semana pasado. Supongo que él le ayudó a conseguir un préstamo para comprarse un coche.

Es-cán-da-lo.

No por el préstamo, porque Kevin es un banquero, sino porque pensé que Gillian se había enamorado de

Gianni. Además, estoy muy sorprendida porque Olive no parece contenta. En lugar de eso, da la impresión de que nada le importara.

Y entonces aparece Gianni.

Lleva un ramo de rosas de tamaño descomunal. Nunca he visto flores como ésas. Tienen tallos que llegarían desde la altura de mi codo hasta el piso. Parece que habrían cortado todo un rosal, lo cual es un desperdicio.

Espero que Gianni y Kevin no acaben peleándose.

Pero Gianni pasa de largo junto a Kevin y Gillian, como si esos dos no existieran, y le entrega el enorme ramo a Olive. Yo estoy justo a su lado.

Jamás me había tocado vivir algo tan emocionante.

Olive dice: "¿Son para mí?".

Gianni responde: "Claro, son para ti".

Por dentro siento que la emoción me desborda, como si las rosas hubieran sido para mí. Es un sentimiento increíble.

Olive recibe el ramo: "Gracias, Gianni", contesta sin ánimos, como si él le hubiera abierto la puerta porque ella iba cargada con bolsas de basura y no tenía una mano libre.

Opino que yo me veo mil veces más emocionada que ella.

Gianni le dice: "Tengo que ir a revisar los cables y los pies de escena".

Olive asiente en silencio.

Él se va.

La tomo por el brazo: "¿No estás emocionada? ¡Esto es fabuloso! ¡Te apuesto a Gianni te va a invitar a dar un paseo en canoa de nuevo!".

Olive se encoge de hombros otra vez: "Ya no estoy tan interesada como antes", se lleva las rosas al fregadero que utilizan los de maquillaje, y no hay floreros, pero en una repisa vecina se encuentra una cafetera vacía. Olive mete las flores en la cafetera metálica junto al fregadero. Son tan largas que la hacen ver aún menos alta. Tal vez por eso no le gustan.

Me parece que Gianni le debió traer rositas de jardín, que tienen más pétalos y huelen bien. Me gustarían de color anaranjado, porque es mi preferido, y que vinieran de un jardín como el de la señora Chang. Se verían mejor que estas otras que son demasiado perfectas, demasiado largas y tienen alambres insertados en los tallos para mantenerlas derechas.

No quisiera decirlo, pero creo que, aunque estas rosas largas no fueran la mejor elección, Olive no se está portando como debería. Acaba de recibir un regalo.

Pero de repente me pregunto si el regalo era para ella o si sería nada más una manera de darles a entender algo a Gillian y Kevin.

Me gustaría preguntarle a la señora Chang, pero ella le está ayudando a Ryan, el León cobarde, en alguna parte tras bambalinas y no puedo ir a buscarla. Hay una regla que dice que los munchkins debemos estar siempre juntos.

Busco a Desiree, Nina y Sally con la mirada. Y en este instante quisiera haberles traído flores a las tres. Supongo que podría decirles que pensé en hacerlo, o también podría sorprenderlas mañana.

Haré un plan de regalos más adelante, cuando tenga más tiempo, y tendré que buscar más claves sobre lo que está sucediendo en el mundo adulto de los corazones rotos.

Shawn Barr dice que siempre suceden dos cosas en una situación: lo que vemos y lo que no.

Y lo que no vemos podemos sentirlo, si prestamos suficiente atención.

VEINTISIETE

En un momento parece que tendremos que esperar una eternidad a que comience la función, y al instante siguiente oigo que la orquesta prueba sus instrumentos y el público hace ruido al ocupar sus lugares.

Ambos sonidos son emocionantes, y aterradores. No tuvimos muchos ensayos con los músicos. El volumen y el estruendo son mayores de lo normal para mí. Es muy bonito, pero me hace pensar que quisiera tener ginger ale para apaciguar mi estómago.

Los munchkins somos tantos que ocupamos mucho espacio y no podemos esperar nuestra entrada en los lados del escenario sino formados en fila en el pasillo al fondo. Algunos se sientan, pero no todos tienen un disfraz que lo permita.

Yo no me siento porque no quiero ensuciarme. El piso no se ve muy limpio.

Luego de un rato que parece eterno, recibimos las últimas instrucciones: "¡A sus puestos!".

La música comienza y el público se calla para que empiece la función.

Shawn Barr está observando entre el público. Creí que estaría aquí atrás con nosotros, ayudándonos, pero ahora Charisse es la directora escénica y es quien está a cargo. Nuestro director estará sentado en la última fila de asientos, disfrutando de la experiencia de ver la función como si hubiera comprado una entrada. Y así nos podrá hacer recomendaciones para mejorar.

El telón se abre, Gillian hace su entrada, y no pasa mucho rato antes de que la oigamos cantar su canción del arcoíris.

Me doy cuenta de que al público le gustó Gillian por el volumen de los aplausos cuando termina la primera canción. De repente siento deseos de estar en el escenario también.

¿Por qué dejarle toda la diversión a ella?

Esperamos y esperamos, y cada minuto que pasa se siente como si fueran diez. Finalmente, Gillian termina toda la parte que sucede en Kansas.

Ponemos atención a nuestro pie para entrar a escena, que es cuando ocupamos nuestros lugares en la oscuridad una vez que han cambiado el decorado. Los tramoyistas que mueven los bastidores están vestidos de negro enteramente y se mueven con rapidez. Son los mismos que hemos visto en los ensayos, pero también hay gente nueva. Tenemos que mantenernos fuera de su camino porque están moviendo grandes piezas de escenografía y todo se hace sin pronunciar una palabra. La única excepción es cuando a un tipo le aplastan un pie con algo pesado. Suelta una palabrota. La oímos, pero espero que no alcance a escucharla el público.

Al fin, Charisse nos da la señal para indicar que llegó nuestro momento.

Se supone que la mayoría de los munchkins debemos escondernos bajo estas enormes flores que tienen hojas resplandecientes. El país de los munchkins no es una granja en las praderas, sino es más como estar metido en un libro de colorear para niños.

En las pasadas veinticuatro horas, el departamento artístico añadió todo tipo de pétalos y hojas a las áreas del escenario que tendrían flores. Hay margaritas gigantes que no había visto antes, y si uno toca el tallo de algunas de las flores nuevas, termina con los dedos pintados de verde.

Todo lo nuevo se ve genial, pero nos obliga a apretujarnos y no era así en los ensayos.

Encuentro mi lugar junto a Olive y nos agachamos. No es nada cómodo. Una hoja se me clava en la oreja. Está hecha de alambre y papel maché que aún no termina de secarse.

Me doy cuenta de que algunos de los niños no se pueden estar quietos y, sin querer, mueven las flores.

Eso no debería estar pasando.

Me gustaría decirles que lo dejen ya, pero no puedo. Se supone que debemos asomarnos sorpresivamente desde debajo de las flores, y no veo cómo puede suceder eso si no se quedan quietos.

Randy no tiene que esconderse porque a él le toca esperar detrás de una puerta anaranjada que hay en el fondo del escenario. Se supone que es la casa del alcalde o algo así. La puerta es del tamaño exacto para que él pueda pasar. Randy está con el juez, que interpreta Quincy. Gene también está con ellos. No tiene un papel especial, pero tiene un disfraz semejante al de Randy, y ambos se ven como si alguien los hubiera inflado con aire. Son tan redondos como globos y están geniales.

Además de la barrigota, Randy también tiene una calva. Es una especie de gorra que se coloca sobre el pelo, y que a mí me parece que le hace ver la cabeza demasiado grande.

Pero tal vez se deba a que yo lo conozco.

Quincy tiene unas gafas chistosas y una túnica como la de un sacerdote. ¿Quién iba a pensar que así se vestían los jueces? Gene tiene pantalones cortos bombachos y calcetines a rayas.

Mientras más tiempo pasamos en cuclillas esperando, más veo que los munchkins están haciendo eso que Shawn Barr llama "desenfocarse". Hace calor bajo las flores y con los disfraces. Algunos niños están vestidos con trajes de etiqueta de colores, y hay otro grupo que se ve como soldaditos de madera con uniformes de una tela como la que cubre las mesas de billar.

Miro a través de las sombras y veo que los soldados están sudando y que con eso se les corren las líneas de maquillaje que les dibujaron en la cara.

Estos niños no saben poner atención, porque nos han dicho más de una vez que no debemos restregarnos la cara después de que nos maquillan.

Tan pronto como Gillian se va tras la esquina de la casa (con Coco en brazos), la Bruja Buena aparece y no pasa mucho tiempo antes de que nos invite a salir de nuestros escondrijos.

Estoy a punto de preocuparme por eso cuando oigo el primer pie de nuestra entrada, que quiere decir que tenemos que soltar risitas.

Lo hacemos.

Y entonces, la Bruja Buena empieza a cantar:
—Salgan, salgan...

Se supone que debemos movernos lentamente.

Pero hace tanto calor bajo estas flores de mentiras que todos salen disparados a tropezones por el escenario. Tenemos que evitar pararnos en el camino amarillo al principio, pero me imagino que a la mayoría se le olvida.

No quiero sentir pánico...

Aunque eso es lo que veo venir.

Miro alrededor y me doy cuenta de que no estamos en los lugares indicados.

Se supone que debemos formar una medialuna, y parecemos más una multitud acalorada que espera que le abran la puerta para salir a una piscina.

Siento apretones, incluso empujones.

Lo primero que cantamos suena como si estuviéramos enojados, y vamos demasiado aprisa.

Shawn Barr ha dicho que debemos mostrarnos asustados ante Gillian. Se supone que debemos actuar para vernos "temerosos".

Eso no es lo que está sucediendo.

Unos munchkins chocan con otros.

Sólo Olive y yo permanecemos en nuestros lugares. Hasta Larry está demasiado alejado a la izquierda y distraído. Todos sudamos a chorros y damos y recibimos codazos, y no mostramos nada de dominio del escenario, como diría Shawn Barr.

De alguna forma terminamos la primera parte, y luego estamos en la secuencia en la que se celebra que la Bruja Mala haya muerto. Damos vueltas, enganchamos los brazos unos con otros y giramos. Pero estamos demasiado cerca entre nosotros, y algunos munchkins acaban golpeando a otros.

Esta canción lleva a la entrada de Randy. Se supone que debe salir por la puertecita. Las trompetas suenan para señalarlo.

Pero entonces sucede otra cosa mala.

Las trompetas hacen su ruido, pero la puerta no se abre.

Las trompetas soplan de nuevo, y no hay señal de Randy.

Me doy cuenta de que la puerta está atorada.

La prueba es que toda la pared trasera, que no es más que una lona templada sobre un bastidor de madera, empieza a temblar. Randy, Gene, Quincy deben estar tratando de abrir la puerta.

No sé qué hacer.

Las trompetas tocan por tercera vez, y luego una lámina de madera en la parte de abajo de la puerta sale volando. Alcanzo a ver parte del cuerpo de Gianni cuando su mano aparece por la abertura y gira la perilla de la puerta desde el lado de afuera.

Tengo que admitir que Randy se toma todo esto bastante bien.

Hace una reverencia al público, como si esa penosa entrada fuera parte de su papel.

Sin embargo, Quincy está molesto, tropieza en un escalón y cae. Olive no puede evitar dejar su lugar junto a mí para ir a ayudarle. No le ha pasado nada.

Randy sigue cantando, y mira a Gillian como si Dorothy lo fuera todo para él.

No recuerdo mucho después de eso.

No es que me haya desmayado ni nada parecido. Nada más siento como si no hubiera estado en el escenario. Es como si estuviera mirando desde lejos. Ni siquiera estoy en mi propio cuerpo.

Cuando finalmente terminamos con nuestra canción más importante, "Por el camino amarillo", salimos de escena bailando.

Recibimos un enorme aplauso. Es como un trueno.

¿Será que aplauden porque les da gusto que hayamos terminado?

Somos un nudo de nervios y sentimientos a causa de todos los problemas, y lograr que los cuarenta munchkins volvamos al camerino es difícil para los tramoyistas. Por alguna razón, la mayoría de los niños no pueden dejar de reír.

No es nada apropiado.

Sin embargo, pueden ser los nervios. A veces reírse y llorar no son reacciones muy diferentes entre sí.

Todos ya terminaron su parte en la función, menos Olive y yo. Vamos directamente a maquillaje y empezamos a convertirnos en monos alados. Nikko y sus dos compañeros están listos desde antes de que subiera el telón, y ahora juegan cartas en las escaleras detrás del teatro. Son tan profesionales que pueden darse el lujo de algo tan poco profesional.

La señora Chang está tras bambalinas con nosotros para ayudarnos. Ya está lista, con el maquillaje que le puso Stan, y se ve mejor que cualquier otra cosa en todo el espectáculo. Ya se puso su disfraz y me deja sin palabras. Dice: "Las noches de estreno pueden ser difíciles. Ya terminaron su parte".

Creo que está tratando de animarnos, pero Olive se ve molesta. No dice ni una palabra, y yo tampoco. Se supone que debemos hablar en susurros porque el sonido viaja, pero creo que estamos calladas porque no salimos todavía de la conmoción. Quincy entregó su traje y fue el primero en irse. Se siente mal por haberse caído.

El tiempo pasa veloz, y en un abrir y cerrar de ojos estamos ya con los arneses junto a Nikko y su escuadrón, y nos elevan en el aire. La señora Chang es la mejor de los monos alados y, luego de lo que pasó en el país de los munchkins, sé que no hay nada como tener alrededor a gente que sí sabe lo que hace. Nikko gira en el aire y hace unos cuantos movimientos que nunca vimos en los ensayos generales. Me imagino que estaba reservando su talento para cuando hubiera público de verdad.

Olive lo hace muy bien, claro, y cuando miro hacia donde está Gianni, detrás del escenario mientras nos tienen en el aire, veo que nos sonríe.

Tiene una sonrisa deslumbrante.

Me alegro, porque, después de haber tenido que patear la puerta para que saliera Randy, podría estar de muy mal humor. Pero la chica del maquillaje dijo: "El show debe seguir". Es un dicho muy lógico en este momento.

Aunque mi arnés no es la cosa más cómoda del mundo, me siento muy feliz cuando estamos en el aire. El público nos aplaude, y también se oyen gritos y porras, a pesar de que somos los villanos de este cuento.

Y luego nuestra parte termina.

Casi todos los munchkins se quedan hasta el final de la función, y salen primero a la ronda de aplausos. El público aplaude y vitorea. A lo mejor se les olvidaron todas las cosas que salieron mal. O tal vez la mayoría del público son los papás de esos niños.

Nikko y sus compañeros se dirigen al escenario y Olive, la señora Chang y yo los seguimos.

Al público le debieron encantar los monos alados, porque ¡todos se ponen de pie para aplaudirnos!

Miro hacia la multitud, y veo a mi mamá, a mi papá, a Tim y a la abuela Guantecitos. Todos aplauden a rabiar. Puede ser que mi mamá esté llorando. Se pasa la mano por los ojos varias veces. Mi papá tiene su cámara y está sacando fotos. Ésas irán a parar al álbum familiar, pero voy a pedirle unas copias para mí.

La abuela Guantecitos está al lado de Papá, y tiene un vestido elegante y su collar de perlas. Sólo se las pone en grandes ocasiones. Hasta Tim se puso una camisa en lugar de una camiseta. No se ve tan emocionado como el resto del grupo, pero al menos está ahí.

Muy cerca de mi familia están Piper y Kaylee, con la mamá de Kaylee. Aplauden con entusiasmo. Me da mucho gusto que vinieran a ver la obra. Piper llegó de su campamento apenas ayer. Fue increíble que coincidieran las fechas.

Sigo mirando hacia el público, y en otro lado descubro a mi dentista. A la doctora Brinkman, no a su hermano.

Siento deseos de gritarle: "¡Ya sé quién es L. Frank Baum!".

Pero no lo hago, por supuesto.

Sigo mirando al público. Me siento muy afortunada de tener a mi familia, a mis amigas y a mi dentista aquí.

Mientras salen otros miembros del reparto a escena, miro hacia el fondo del teatro y reconozco al señor Sarkisian, mi entrenador de fútbol. Me quedo sorprendida, pues no pensé que le gustara el teatro. Aplaude con mucha coordinación.

Dos filas más atrás, logro distinguir a la señora Sookram, mi antigua maestra de piano. Me pregunto si le llamó la atención que yo estuviera en la obra, ya que no me consideraba nada musical. Pero luego decido que probablemente no me reconoció por el disfraz de munchkin y el de mono alado, así que aún no sabe que estoy aquí.

Después veo a alguien frente a mí que aplaude a rabiar. Es la señora Vancil.

Estoy acostumbrada a verla en el salón de clase. Se ve diferente aquí, más relajada, y está con un hombre de barba. Sabía que tenía marido, pero no pensé que tuviera barba.

Me da gusto no haber visto a ninguna de estas personas hasta este momento, después del final.

Me hubiera puesto muy nerviosa.

Ahora todos estamos en el escenario, menos Gillian. Ella y Coco son los últimos en salir. Ella es la estrella del espectáculo, pero creo que muchos también le aplauden a su perrito. Es la primera vez que lo he visto asustado. Es tarde para él, para su hora de irse a la cama, y a los perros les encanta dormir.

Todos seguimos allí en el escenario y luego Gillian usa su mano libre para señalar a los músicos, que están en un sitio llamado el foso de la orquesta.

No es un foso de verdad, sino un sitio frente al escenario.

Los músicos se ponen de pie, y también nosotros les aplaudimos. Nos dijeron que debíamos hacerlo. Yo no lo sabía.

Al final, Gillian y todos los actores adultos, hasta las brujas, se voltean hacia un lado del escenario y después hacen una reverencia. Veo que allí está Shawn Barr. Debe haber corrido desde su silla al fondo del teatro. No se mueve. Y entonces Gillian va hacia él y lo invita a salir.

Shawn Barr da unos cuantos pasos en el escenario, y todos le aplaudimos.

Hace una reverencia, y no sé si son los ruidosos aplausos o mi corazón latiendo con fuerza, pero siento una especie de explosión en mi interior.

Shawn Barr es el que logró que llegáramos hasta este punto.

VEINTIOCHO

Duermo hasta pasado el mediodía.

Nunca en mi vida me había acostado tan tarde como anoche (sin contar las pijamadas, pero eso es diferente porque siempre fingimos que nos quedamos despiertas hasta más tarde de lo que en realidad es).

Mi mamá, mi papá, Tim y la abuela Guantecitos volvieron con Randy a casa, pues para él no era difícil quitarse el disfraz.

Yo tengo que tener más cuidado con mi traje de mono alado, y el simple hecho de quitarme el arnés es difícil. Afortunadamente, la señora Chang podía llevarme a casa, y eso quiso decir que pude estar con el reparto, los técnicos y tramoyistas en la celebración (y sin los niños, porque ya se habían ido todos).

Incluso probé un sorbito de champaña. Me supo a ginger ale pero sin regusto dulce, así que ¿qué gracia tiene? A pesar de eso, espero aprender a disfrutar la champaña cuando sea grande, porque no quiero perderme de los brindis en las fiestas.

Todo el mundo tiene hambre después del estreno, así que además de la champaña hay pizza, que es mi comida preferida, y luego un enorme pastel.

Cuando hay tanta gente en un solo lugar siempre puede ser el cumpleaños de alguien. Ayer fue el de un tipo al que le dicen Skipper. Trabaja en la parte de iluminación. No lo conozco, pero todos cantamos "Feliz cumpleaños, Skipper" como si fuera nuestro mejor amigo.

Los músicos se quedaron a la fiesta, y estaban todos con sus trajes y vestidos negros. Me gustan los músicos porque se atienen a un plan. Uno no los ve empujándose ni ocupando el lugar que no les corresponde.

Habían puesto sillas plegables y mesas redondas en el patio de atrás del teatro, pero la mayoría de la gente estaba de pie. Ryan, el León, me alzó para sentarme en sus hombros, con lo cual quedé convertida en la persona más alta de toda la reunión. Eso nunca me había sucedido antes y lo bueno no fue sólo que pude tener una vista increíble de la fiesta. Lo otro que tuvo de bueno fue que todo el mundo podía verme y muchos me saludaron. Me quedé ahí arriba comiendo pizza, y tuve mucho cuidado de que ni un trocito de la pizza cayera sobre la cabeza de Ryan, el León.

Vi que Gianni trataba de hablar con Olive, y a mucha gente dándole a Gillian abrazos.

Todo el mundo adora a las estrellas y quisieran ser sus amigos del alma.

Supongo que ahora Kevin es su gran amigo, pero Olive dijo en susurros: "Veremos cuánto les dura".

La señora Chang se sentó en una de las sillas en un extremo, y no sé si eso indicaba que quería estar sola. Si era así, su plan no dio resultado. Todos los que estaban en el departamento de vestuario y los que hicieron maquillaje y escenografía terminaron arremolinados a su alrededor.

Yo estaba lo suficientemente arriba para poder verla hablando, y me di cuenta de que los estudiantes se reían mucho. A lo mejor sabe contar chistes. Nunca le he oído uno. Así que tal vez sean chistes para adultos.

Shawn Barr no se quedó mucho tiempo en la fiesta. Dio un pequeño discurso y le agradeció a todo el mundo por su esfuerzo. Dijo que al final eso es lo que importa. No dijo nada de que los munchkins estuvieran fuera de lugar, chocando unos con otros, y tampoco mencionó el asunto de la puerta que Randy no podía abrir o la caída de Quincy.

En realidad soy un mono volador, y estoy con los adultos del reparto, así que hubiera podido decir algo y no me hubiera importado.

Pero creo que quería mantener el optimismo.

Tomé un programa de mano, que así se llaman los folletitos con información de la función. Tiene todos nuestros nombres adentro. Tiene también fotos de Shawn Barr y de Gillian, y un párrafo sobre las distintas cosas que han hecho cada uno en su vida. Las brujas Dana y Kitty también tienen sus párrafos. Nunca he oído hablar de los lugares y las obras que mencionan ahí. No son simples alardes porque son parte de su currículum, que es una especie de alarde oficial que se considera aceptable.

Guardé una servilleta del sitio al que pidieron la pizza para la fiesta. Se llama Spumoni's. Y guardé una de las velas del pastel de Skipper, el electricista. Era de chocolate con crema batida como cubierta y cerezas supersuaves marinadas en algo que olía a combustible de encendedor, pero que sabía genial.

No me importa si olvido a Skipper, pero me gustaría recordar su pastel.

Todas estas cosas irán a parar a mi álbum.

Cuando me despierto, paso un rato pensando en la noche y todas sus emociones, y luego me levanto y voy a lavarme los dientes. Para cuando entro a la cocina, el reloj allí dice que son las 12:37 de la tarde.

Hay una nota en la barra que me dice que Papá y Mamá están en sus trabajos y que Randy fue a la casa de Gene. Eso quiere decir que estoy sola en casa. Supongo que durante este verano debo haber crecido, porque nunca me habían dejado sola en casa antes. Tim debe andar por ahí, pero nadie se preocupa por tenerlo localizado porque ya es un adolescente con teléfono propio. Estamos en pleno verano, así que a quién le importa mientras no haga desfiguros en la casa.

Me siento y trato de decidir si debo llamar a Piper o a Kaylee, o si debo ir a ver a la señora Chang, o tal vez quedarme poniendo cosas nuevas en mi álbum.

Y entonces me acuerdo de la reseña del periódico.

El periódico debió llegar en la mañana.

El crítico de teatro de nuestra ciudad se llama Brock Wacker, y le dicen "Paliza", porque cuando no le gusta algo siempre escribe: "Paliza de Wacker".

Me enteré de todo eso este verano.

Mis papás leen el periódico, pero yo no tengo tiempo. He oído a algunos en el teatro hablar de Brock Wacker, y supongo que una reseña es parte importante de un montaje. El año pasado este crítico le dio una paliza a algo llamado *Ellos y ellas*. A lo mejor la cosa terminó en una pelea entre los hombres y las mujeres del reparto, y me puedo imaginar que a muchas personas no les gustó.

Con *El mago de Oz*, uno ya sabe que es una fantasía, que cualquier cosa puede pasar.

Voy a buscar el periódico. Por lo general está en la barra de la cocina, y si no está allí entonces en el bote de reciclaje. No lo encuentro en ninguna de las dos partes, pero entonces caigo en cuenta de que mis papás probablemente lo guardaron para que Papá recorte lo que necesita para el álbum familiar.

Voy a tener que conseguir otro periódico para mí. Apuesto a que la señora Chang me dejará quedarme con el suyo. Y si no, puedo buscar en el bote de reciclaje de la señora Murray y llevármelo.

Voy al escritorio de mi papá porque supongo que allí encontraré el periódico, pero no está. Busco por toda la casa hasta que me canso y me acuerdo de que puedo meterme a la página web y leer la reseña de Brock Wacker en Internet.

Pero primero me como un plátano porque tengo hambre. ¡Ojalá me hubiera traído a casa un trozo del pastel de chocolate del electricista! La cubierta de crema batida quizá se habría aplastado un poco, pero las cerezas seguirían estando exquisitas.

Me siento y enciendo la computadora y encuentro el enlace al periódico local. Busco la sección de "Arte y cultura", porque el teatro es una forma de arte.

La página aparece y leo:

El mago de Oz es un triunfo

Y luego, en letras pequeñas debajo:

El único defecto son los munchkins

Me quedo pasmada en la segunda línea.

Parpadeo.

Miro de nuevo.

Y luego sigo leyendo.

Brock Wacker, crítico teatral

En la temporada de verano del teatro de la universidad, este año tenemos un montaje de ese eterno clásico que es *El mago de Oz*. La compañía de teatro local ha tenido dos aciertos: importaron de otros lugares del país a dos veteranos de las tablas: Shawn Barr como director, y Gillian Moffat para interpretar el papel de Dorothy. Estos dos elementos hacen que bien valga la pena pagar el precio de la entrada para disfrutar la función.

El rango vocal de Moffat y sus aptitudes histriónicas son increibles, y Barr sabe bien lo que implica montar un buen espectáculo. Es una lástima que algunos de los números musicales más conocidos, al comienzo de la obra, no estén a la altura del resto de la producción. Probablemente no había más alternativas, pero el grupo de niños de la localidad escogidos para desempeñar el papel de los munchkins deja mucho que desear.

El estreno tomó a estos muchachitos por sorpresa, y los vimos moverse en nervioso tumulto por el escenario, sin dar muestras de entender bien su lugar o su propósito, a pesar de su bonito vestuario. Pero si dejamos de lado esta pequeña parte de la obra, este montaje de *El mago de Oz* encuentra su rumbo una vez que Gillian Moffat toma el camino amarillo y deja atrás a estos pequeños actores aficionados.

Las destacadas actuaciones de Ryan Metzler, en el papel del León cobarde, y Ahmet Bulgu, como el Espantapájaros, dan vida al mundo que hay más allá del arcoiris. Merecen una felicitación los equipos de producción y diseño, pues el montaje resulta cautivador.

Kitty Plant logra que al público le tiemblen las rodillas en su papel de la Bruja Malvada, y Dana Bechtel le da un giro encantador a la Bruja Buena.

Una felicitación final para el grupo de monos voladores. Se destacaron especialmente Alexander Ocko, también conocido como Nikko, el director de este grupo, y la exbailarina Yan Chang, que nos mantienen en vilo en este espectáculo demasiado fugaz. La tramoya y el vestuario para estos monos voladores son de primera clase.

El mago de Oz estará presentándose durante las próximas tres semanas, y los domingos habrá función de matiné. La taquilla del teatro universitario proporciona más información sobre boletería y horarios.

Apago la computadora.

Vuelvo a mi cuarto.

Me acuesto en mi cama.

Los munchkins recibieron una paliza de Brock Wacker.

Me siento aturdida.

Esta noche tenemos otra función. ¿Cómo vamos a mirar a la cara al resto de los artistas en escena? ¿Cómo vamos a pararnos frente a Shawn Barr? Defraudamos a todo el mundo. Somos meros aficionados. Nos falta mucho para ser profesionales.

Es lo peor que han dicho de mí en toda mi vida.

Sólo puedo pensar en una cosa: en lo feliz que estoy de tener dos papeles en la obra. Es lo más egoísta del mundo, pero al menos a Brock Wacker le gustaron los monos alados, aunque los llamara monos voladores, que no es lo correcto y podría indicar que él no es ningún experto.

Me volteo para quedar de lado y doblo las rodillas hasta tocarme la barbilla, haciéndome una bolita. Quisiera desaparecer.

De repente no puedo pensar en nada más que en mi hermano.

Recibí una buena crítica por ser mono alado. Él ni siquiera tiene eso. ¿Qué pasa si esta paliza golpea tanto a Randy que le da por tirarse desde un puente?

¿Qué tal que Gene y él estén en este momento llorando a mares sin poder parar?

Es tan tan tan injusto.

Los munchkins no pudieron ensayar con toda la escenografía en su lugar. No estábamos preparados para las enormes margaritas y todas esas hojas resplandecientes adicionales. No fue culpa de mi hermano que alguien atascara la puerta al pintarla. No habíamos ensayado mucho con los músicos, y además, estábamos asustados.

¡No somos más que niños!

Quisiera hablar con la señora Chang, con Olive, con mi mamá, mi papá y con la abuela Guantecitos y con la señora Vancil. Todos ellos dijeron que estuvimos muy bien. Piper y Kaylee aseguraron que les había fascinado cuando vinieron tras bambalinas.

¿Acaso todos estaban mintiendo?

¿Serían capaces de hacer eso?

Sé que hubo problemas, pero el público estaba aplaudiendo y es un hecho que al final los munchkins recibieron muchos aplausos.

Tengo que hablar con Randy.

Tengo que decirle que no puede ponerse triste por esto.

Voy al armario y me pongo mis shorts de mezclilla y mis zapatos deportivos. De ahí avanzo al garaje y me monto en mi pesada bicicleta porque puedo bajar la colina más rápido en ella. Me pongo mi casco y salgo.

Pedaleo tan rápido como puedo en las curvas y, cuando llego al pie de la colina, soy capaz de sentir la tristeza de Randy sobre mi piel como las ortigas que crecen en el baldío detrás de la casa de los Kleinsasser.

Sigo por la calle 17 y luego a través del estacionamiento del local de llantas de descuento. Corto a través del cementerio, que es algo que nunca hago porque me da nervios. Además, andar en bicicleta entre la hierba no es fácil.

Estoy toda sudorosa y mareada cuando llego a la casa de Gene. Subo los escalones y toco a la puerta principal.

No hay respuesta.

Toco el timbre y se oye un campanazo agudo.

Se tardan eternidades, pero al fin la puerta se abre. Gene y Randy están ahí. Cada uno tiene una espada láser de plástico en la mano.

Randy dice: "¡Hola, Julia!".

Gene agrega: "Estamos jugando a *La guerra de las galaxias*. Nos podría venir bien una princesa Leia".

Es obvio que no tienen idea.

Es un momento difícil. He recorrido todo este camino. Tengo que contarles.

Digo: "Gene, ¿viste el periódico esta mañana?".
Randy responde por él: "¡El crítico dijo que nuestra obra era un triunfo!".

Me quedo mirándolo fijamente.

Gene agrega: "Mi mamá recortó la reseña para mandársela a mi tía por correo".

No estoy segura de haber oído bien. Les pregunto: "¿Y leyeron lo que 'Paliza' dijo de los munchkins?".

Supongo que hablé demasiado alto. Randy contesta: "Julia, ¿no quieres entrar? La limonada que preparan aquí es deliciosa".

Les grito: "¡Opinó que éramos pésimos! ¡Dijo que no estábamos a la altura de los demás!".

Randy se encoge de hombros, y luego dice: "Iremos mejorando".

No puedo creer lo que acaba de decir. Quedó paralizada.

Randy agrega: "Al fin y al cabo, ¿qué nos importa lo que él piense?".

Me doy vuelta.

Bajo los escalones hacia mi bicicleta.

Gene me dice: "Oye, Julia, vamos a poner una película. Puedes quedarte y verla con nosotros".

No respondo.

No soy capaz de responder.

Me monto en mi bicicleta y me alejo pedaleando.

No lo entienden.

Estoy del todo sin aliento cuando llego al pie de la colina. Me bajo de la bicicleta y la empujo para meterla en el arbusto de moras que crece sin control junto al tubo del desagüe. La bicicleta desaparece tragada por el arbusto, y apenas se ve el filo rosa del guardabarros. Es una bicicleta demasiado pesada y el tamaño nunca me acomodó y no me importa si jamás la vuelvo a ver.

Doy por terminado este asunto.

Emprendo la larga caminata colina arriba para volver a casa, y no miro atrás.

VEINTINUEVE

Voy a mitad de la cuesta que sube a la casa, y el sol calienta más que nunca antes en mi vida.

No sé si será el efecto del cambio climático en nuestro planeta o si me está subiendo la fiebre.

O tal vez están sucediendo las dos cosas a la vez.

Ojalá me hubiera tomado ese vaso de limonada en casa de Gene. No estoy bien hidratada y a lo mejor por eso siento como si tuviera fuego en los oídos.

Creo que me voy a desmayar.

Nunca me he desmayado, pero el tío Gary sí, luego de comer demasiado en una cena de Navidad. Cayó al piso como un saco de papas. Nunca he visto a nadie caer como un saco de papas, pero es un dicho que no exige demasiada imaginación.

Si me desmayo justo aquí y ahora, nadie me verá porque soy muy pequeña, y caeré de manera tal que perderé el sentido. Y seguiré inconsciente. Cuando el sol se oculte, una manada de coyotes me encontrará sangrando entre el matorral. Me arrastrarán hasta su escondite en el bosque y allí me despedazarán. Ni siquiera podrán hacerme un funeral decente porque habrá demasiado de mí en el estómago de algunos animales salvajes.

Lo único que evita que todo eso suceda es el bocinazo de un coche.

Me volteo y veo a la señora Chang al volante de su coche plateado. Frena.

Corro al lado del copiloto y me subo.

—Llegó justo a tiempo. Estaba a punto de ser devorada por unos coyotes —me doy cuenta de lo absurdo que suena, pero ella no me pide más detalles, por suerte.

Dice: "Pasé por tu casa, pero no había nadie".

Exclamo: "Brock Wacker nos dio una de sus palizas. Fui a buscar a mi hermano, pero a él no le importó. Y eso me pareció peor que la paliza en sí".

—Me preguntaba si habrías leído lo que escribió ese pobre tonto.

Me agrada que ella lo llame "pobre tonto".

También me agrada que ella no parezca molesta.

Digo: "Me siento horriblemente mal. Nunca más podré mirar a Shawn Barr a la cara. Además, tengo tanta sed".

La señora Chang desacelera, y no es sólo que vaya dando la vuelta. Se mete en una entrada, que no es la suya, y retrocede para quedar en dirección cuesta abajo. Nos vamos alejando de mi casa.

Propone: "Vamos a ver a Shawn".

Grito: "¡No!".

Ella me explica: "Te sentirás mejor si hablas con él".

—Creo que si me tomara un helado con soda me sentiría mejor. ¿Podríamos hacer eso en lugar de ir a visitar a Shawn Barr?

La señora no contesta, sino que sigue adelante.

Le digo: "Tengo unos ahorros. Puede ser una invitación que yo le hago. Le pagaré cuando volvamos a mi casa".

La señora Chang no despega la vista del camino, pero estira el brazo para encender el radio. Lo tiene sintonizado en una estación clásica.

Es la única música que pone cuando va en el coche.

Cuando empecé a irme con ella al teatro no soportaba oír esa música. No tiene un ritmo que le permita a uno marcar el compás.

La señora Chang me explicó que la "música clásica" se refiere a la que fue compuesta durante un período específico, hace más de cien años. Y fue hace mucho tiempo.

Me dijo cuándo fue esa época, pero como yo sabía que no iba a haber un examen sobre el tema no le presté mucha atención. Me parece que dijo que había sido durante el siglo XVIII. En esos tiempos, la gente que llegaba a los Estados Unidos andaba muy ocupada contagiándole enfermedades a los indígenas, mientras que en Europa estaban todos obsesionados con encontrar alguna especie de fórmula que demostrara la perfección.

Esto fue antes de que existieran las computadoras y los teléfonos móviles e incluso los abrelatas eléctricos.

Según la señora Chang, pretendían encontrar esa fórmula perfecta a través de la música. Querían que cada instrumento se hiciera notar. O tal vez no. No me acuerdo. Me parece que dijo que pensaban que la música era algo así como un rompecabezas.

Creo que todo en la vida es un rompecabezas de algún tipo.

Ahora que vamos cuesta abajo por la calle, confieso que esta música me está ayudando. No es nada que yo oiría sola, pero los violines me alejan la mente (aunque sea un poquito) de Brock Wacker.

Cierro los ojos, y me da gusto no estar oyendo una canción que hable de enamorarse o de perder un amor.

Esta música no tiene letra, así que no trata de nada.

Es un alivio.

La señora Chang se estaciona enfrente del hotel Bahía. Abre su puerta, y me doy cuenta de que no tengo otra salida así que hago lo mismo. Pasamos por la recepción, donde no hay nadie, igual que la última vez.

Nos dirigimos al patio y vemos a Shawn Barr en una silla de asolear junto a la piscina verde. Tiene puesto un traje de baño blanco y gafas de sol y está dormido.

Procuro no levantar la voz para decirle a la señora Chang: "Está descansando. No lo molestemos. A la gente mayor le encantan las siestas".

—No estoy durmiendo una siesta.

Se me olvidaba que tiene un oído muy fino.

La señora Chang dice: "Voy a dejarte con Julia un rato. Estábamos hablando de Brock Wacker. Estaré en el coche".

Me volteo hacia ella y pongo una cara que espero que le diga "¿Es una broma?".

Ella no me ve porque ya va de salida. Giro de nuevo hacia la piscina.

Shawn Barr se levanta las gafas y puedo ver sus ojos. Son de color café oscuro. No se ven tristes, no se ven molestos. Me dice: "Ven, Julia, siéntate".

Él es el director, y me han enseñado que debo hacerle caso. Voy hacia una silla de metal que hay cerca, y me siento.

Shawn Barr dice: "Entonces, ¿viste la reseña?".

Susurro: "Lo defraudamos".

—¿Es eso lo que crees?

Respondo: "Se supone que los munchkins no dieron 'muestras de entender bien su lugar o su propósito'".

Shawn Barr se ríe. Tiene una risa fabulosa. De sólo oírla me siento mejor.

—El propósito era divertir al público, y me parece que lo lograron.

—Oh.

Dice: "Los jóvenes necesitan modelos, no críticos".

Sonrío.

Agrega: "Eso lo dijo un entrenador de básquetbol. Se me olvida el nombre".

Comento: "Tampoco soy muy buena con las citas".

Vuelve a bajarse las gafas sobre los ojos. Me parece que la luz brillante se los lastima.

—Los munchkins saldrán adelante de ésta. Por eso hay tantos estrenos fuera de la ciudad.

No tengo idea de qué se refiere, pero digo: "Podemos hacerlo mucho mejor".

Shawn Barr sonríe: "Los boletos de toda la temporada ya se vendieron. Es un éxito. Es el momento de disfrutar la vida".

Me encanta eso de disfrutar la vida. Ahora que él lo puso en palabras, me doy cuenta de que tal vez eso es lo que significaba la obra para mí.

No lo digo, pero sonrío de nuevo, aunque creo que él no puede notarlo porque tiene puestas sus gafas.

—Bueno, me voy a casa. Tengo mucha sed.

Él hace un gesto de asentimiento: "Tienes que estar en el teatro a las 5 de la tarde. No te vayas a retrasar, Baby".

Me levanto y digo: "Charlotte Brontë nunca dejó que la intimidaran".

Esto lo hace sonreír de nuevo.

Cuando estoy a la altura de la recepción, me doy vuelta y miro hacia atrás. Shawn Barr tiene un brazo en alto, lo agita como para despedirse, pero mueve la mano en una sola dirección, como si estuviera limpiando el vapor de un vidrio. Le devuelvo el saludo con el mismo estilo.

En el camino hacia el coche de la señora Chang, Brock Wacker desaparece de mi mente como un estornudo. De repente, ya no está.

Y no creo que vaya a volver.

Aunque no importa lo que una persona haya dicho sobre nosotros en el periódico, más tarde nos enteramos de que la hora de llegada de los munchkins ha cambiado y que ahora nos quieren allí media hora más temprano que antes.

La idea es que podamos reunirnos alrededor del piano y cantar nuestras canciones una vez de principio a fin. Luego subimos al escenario y tomamos nuestros lugares, y hacemos los números musicales sin público.

Ni Gillian ni Kitty ni Dana llegan temprano. Sólo nosotros, los munchkins.

Somos niños, nada más, así que necesitamos este ensayo extra.

Luego de la primera semana de funciones ya no cometemos errores, y no vuelvo a sentir mariposas ni polillas. Sólo me da algo de mareo cuando salimos de repente de debajo de las flores, y una vez que empezamos a cantar y a bailar me siento libre en el escenario. La puerta no vuelve a atascarse cuando se supone que Randy debe aparecer, y Quincy no se tropieza más.

Me gustaría que Brock Wacker volviera a ver la obra ahora, pero no es así como funcionan las cosas. La ve una vez y escribe su opinión.

La señora Chang dice que a menudo en la vida nos juzgan antes de que estemos listos para eso. No se refiere a los exámenes escolares. Entiendo lo que quiere decir.

No me decido a poner la reseña del periódico en mi álbum. La tengo en mi armario. La conservo porque dice que la obra fue un triunfo. Quizá más adelante sienta que está bien pegarla en el álbum.

Sí puse en el álbum parte del cierre y de la tela de la chamarra azul, como recordatorio de aquella vez que le pegué a Johnny Larson. Pero eso sucedió hace mucho tiempo.

Así que tal vez cuando esté en la universidad veré a Brock Wacker desde otro punto de vista.

TREINTA

¡Las pasadas tres semanas se fueron tan rápido! Sin saber bien cómo ni a qué hora, hoy tenemos la última función.

Me cuesta creerlo cuando salimos de debajo de las margaritas resplandecientes de escarcha mientras la Bruja Buena nos invita a hacerlo en su canción.

Por dentro, estoy temblando, y no porque me asuste cantar o bailar, sino porque me siento contrariada al pensar que todo esto va a terminar.

La señora Chang, Olive y yo nos tomamos de la mano antes de que nos eleven en los arneses, y Olive susurra: "¡Los monos voladores vivirán por siempre!", no la corrijo para decirle que en realidad somos "monos alados" porque yo sé bien qué es lo que somos.

La señora Chang y yo asentimos.

Susurro: "Por siempre".

Nikko y sus muchachos nos han aceptado prácticamente como iguales y, cuando nos bajan al piso al final de nuestra escena, recibimos un montón de abrazos. La señora Chang se ríe.

Y no mucho después estamos todos reunidos en el escenario para la última salida a recibir aplausos.

Miro hacia el público, y veo a Mamá y a Papá. La abuela Guantecitos está en el parque nacional Yosemite con su amiga Arlene. Mi hermano Tim dijo que no tenía intenciones de ver dos veces la obra. Mis papás aplauden como locos, en especial Papá. No sabía que fuera tan entusiasta del teatro. O tal vez es un entusiasta de mí. Y de Randy, por supuesto.

Y luego noto una persona que jamás pensé que vería en este lugar.

Veo a Stephen Boyd.

Está sentado en una fila con sus padres y su hermana mayor, y algo le sucedió durante el verano: ¡tiene lentes!

¿Acaso siempre tuvo problemas de la vista? No mira por la ventana del salón como hago yo. Tal vez sea por eso.

Al principio no puedo creer que sea él, pero luego reconozco su camisa. Es de rayas verdes y blancas. Eso me lo confirma. Le debe encantar esa camisa, pues se la pone todo el tiempo.

Stephen aplaude con entusiasmo. No creo que sepa que yo soy el mono alado más pequeño en la primera fila.

No lo puedo evitar. Agito la mano para saludar.

Los munchkins son unos copiones, así que he debido imaginarme que iban a empezar a saludar ellos también. Pero es la última función, así que está bien. Nos despedimos de nuestra presencia en el escenario. Coco está en brazos de Gillian y empieza a ladrar. Los perros entienden más de lo que la gente se imagina. No podrá saludar con la mano, pero quiere participar en la acción.

Y luego baja el telón y todo ha terminado.

Debería existir una palabra para esos momentos en los que uno está emocionado, pero también triste y al mismo tiempo sabe que lo que está sucediendo es importante. Tal vez haya una palabra para eso, pero yo no la sé.

Como es la última función, no tenemos que apegarnos a la rutina normal. No vamos de inmediato a quitarnos los disfraces y limpiarnos el maquillaje.

Nos permiten ir directamente a saludar al público que ha venido a vernos. Voy a encontrarme con mis papás cuando veo, a un lado, a Stephen Boyd esperando.

Empieza a acercarse a mí.

—Hola, Julia —dice—, estuviste genial.

Me sorprende que se haya dado cuenta de que era yo.

Contesto: "Gracias, Stephen. Y gracias por venir a ver la obra".

Responde: "De nada. Mis padres tienen abonos para la temporada artística y me hacen asistir a todo".

Me siento como si me estuviera reblandeciendo por dentro de pensar que es la última función y yo no esperaba ver a Stephen Boyd.

Digo: "Te veré en unas semanas en la escuela".

Él contesta: "Sí. Y te cuento que tenemos una perra. A lo mejor quieres venir a conocerla. Fue rescatada de la calle. Se llama Phillys".

Pregunto: "¿Phillys?".

—Nos dijeron que no debíamos cambiarle el nombre.

Digo: "Me gusta ése".

Él sigue: "Sé que estabas muy triste cuando Ramón murió".

No puedo creer que se acuerde del nombre de Ramón. Y tampoco que hubiera dicho "murió" en lugar de "falleció".

Ni lo pienso antes de proponer: "Oye, Stephen, ¿quieres que vayamos un día a dar un paseo en canoa? Podríamos alquilar una en el embarcadero".

Él responde: "No soy el mejor nadador del mundo. ¿No vamos a volcarnos, cierto?".

Lo tranquilizo: "Estoy segura de que nos harán ponernos chalecos salvavidas".

Asiente: "Muy bien. Ya lo arreglaremos", y entonces se voltea y se aleja, yendo hacia sus padres. Se parece a su madre. Me acuerdo de oír que le contaba a

Jordan Azoff que su mamá prepara unos macarrones con queso deliciosos. Que su secreto es ponerles tocino picado. Me gustaría conocer a Phillys. Me pregunto si soltará mucho pelo. El nombre me hace pensar que es una perra de pelo largo.

Voy hacia donde están Papá y Mamá, y me dan un gran abrazo. Randy ya está allí, y luego aparecen Gene y sus papás y todos estamos hablando a la vez. Papá toma un montón de fotos. Mamá recoge un montón de folletos del programa.

Pensé que habría una fiesta y que sería como la noche del estreno. Estaba soñando ya con la pizza y la champaña y con quedarme despierta hasta tarde, pero eso no va a suceder. Ya hubo una fiesta y fue sólo para los adultos, la noche anterior.

Ahora cada quien se va por su lado.

Shawn Barr viaja en un avión a primera hora de la mañana. Gillian y Coco se van en coche esta noche, junto con Kevin. Deben estar con muchas ganas de irse de la ciudad si salen así de tarde. Me contaron que Kevin dejó su trabajo en el banco, pero no sé si es verdad. No necesito un préstamo para un coche, así que no importa.

Gianni tiene un proyecto en Seattle. Suena importante eso de tener un proyecto. Espero que no le importe la lluvia, pues dicen que allá llueve mucho y me parece que es una persona de sol.

Quincy y Larry han estado trabajando en una aplicación para teléfonos, y van a probarla por primera vez dentro de dos días. Por eso se van pronto. Quincy ha estado aprendiendo a programar. No estoy muy segura de para qué sirve esa aplicación, y debí preguntar cuando lo supe. Ahora es demasiado tarde.

La universidad contrató a una cuadrilla para empezar a desbaratar la escenografía de inmediato, porque van a usar todo este espacio para unas conferencias el lunes en la mañana. Ya puedo ver a personas con varillas y martillos circulando por ahí, haciendo planes. A primera vista puedo decir que no son gente de teatro.

Mamá me dice: "Julia, ¿te esperamos mientras te quitas el disfraz?".

La señora Chang se aparece detrás de mí: "Yo puedo llevarla de vuelta a casa. No nos tardaremos".

Mis papás dicen que está bien. Y la señora Chang y yo nos vamos tras bambalinas.

Empiezo a sentirme muy pesada, como si anduviera por ahí cargando una mochila llena de piedras.

Me quito el maquillaje y me pongo mi blusa campesina, mis shorts y mis sandalias. Voy a entregar mi disfraz a los de vestuario, pero allí me entero de que es propiedad de la señora Chang porque ella compró los materiales y lo confeccionó. Me dicen que ella quiere que ahora sea mío.

Supongo que el próximo Halloween tendré el mejor disfraz en toda la ciudad.

Josephine me dice que tiene una bolsa para guardar todo, pero que está en su coche. Le digo que volveré un poco después, y me pongo mi chamarra. Ya me despedí de todos como tres veces, y no voy a decirle adiós a Olive porque ella vive aquí mismo, y ya quedamos en ir juntas al bazar de antigüedades el próximo domingo para buscar zapatos de boliche. No es que vayamos a jugar a los bolos, sino que nos parece que sería divertido usar esos zapatos en la calle.

Hay sólo una persona de la cual no me he despedido.

Lo encuentro en la sala de ajustes, donde uno puede esperar mientras llega su momento de entrar en escena. Tiene una taza de café en la mano y está hablando con Lorenzo, que se ocupa del mantenimiento de estos edificios.

Le dice: "Discúlpame un momento, Lorenzo".

Me alegra que lo despidiera, porque necesito hacer esto sin más gente.

Empiezo: "Ya es hora de irme a casa, pero quería darle esto".

Busco en el bolsillo de mi chamarra y saco un regalo. Está envuelto en un papel que tiene un dibujo de búhos, porque son animales sabios y además porque tenían ese papel con descuento en la librería. Todavía me quedaba un poquito de dinero de mi certificado de Navidad.

Mientras Shawn Barr desenvuelve con cuidado el regalo, le digo: "Me lo hizo mi tío. Es un campeón de talla en madera. No hace figuras de perros, sino de pájaros. Es Ramón. Era mi perro".

Shawn Barr toma el Ramón de madera y lo sostiene con cuidado. Pone una mano horizontal, a modo de repisa, y mira atentamente la figura tallada.

—¿Estás segura de que quieres regalarme esto? Es una cosa muy especial.

Hago un gesto afirmativo en silencio y digo: "Ramón era muy especial".

Me cuesta hablar, y susurro: "Y usted también".

Shawn Barr pasea su mirada de Ramón a mí. Sonríe y veo que sus ojos me miran con suavidad. Mete la mano en la bolsa que lleva al hombro.

—Baby, he debido envolver esto. Perdóname, pero no tuve oportunidad de hacerlo.

Y entonces, me entrega su cuaderno de notas. Dice "Shawn Barr" en letras doradas medio borradas en la pasta de cuero. Adentro está su copia del libreto de *El mago de Oz*. Todas las páginas están plagadas de flechitas con sus ideas.

Es la cosa más increíble del mundo entero.

Es demasiado grande para ponerlo en mi álbum del verano.

Y ahí me doy cuenta de que en realidad eso es mi álbum del verano.

Las demás cosas que he estado recolectando están muy bien, pero esto es diferente.

—¿No cree que debería quedárselo usted? Tiene todos sus secretos.

Señala su cabeza: "A estas alturas, todo está aquí adentro".

—Bueno, y si se le olvida algo, siempre puede llamarme, y si me da el número de la escena, encontraré lo que necesite. Mi teléfono está en la lista de todo el reparto.

Asiente.

Trato de no llorar porque, aunque mi apodo sea Baby, no soy ningún bebé. Digo con una vocecita triste: "No quiero que todo esto se acabe. ¿Por qué tiene que terminarse?".

Me doy cuenta de que se me están saliendo las lágrimas, cosa que no me sienta nada bien.

Él me dice: "Todo llega a su fin en algún momento".

—¿Por qué tiene que ser así?

—Es una frase tomada de *La maravillosa tierra de Oz*, un libro de L. Frank Baum.

—No he leído mucho de él.

Shawn Barr no sabe que no me va tan bien en la escuela y que a veces no presto mucha atención y me distraigo a ratos.

No sabe que mi profesora de piano decidió que era mejor que no volviera.

No sabe que extraño tanto a mi perro que había gente empezando a preocuparse.

Él ve a una persona diferente en mí, diferente de la que ven otros.

Le digo: "Por usted, Shawn Barr, creo que voy a querer ser directora de teatro cuando sea grande".

Él contesta: "Podrías ser escritora, además de directora".

Agrego: "No sé si voy a querer tener dos trabajos. Me gusta tener tiempo libre".

Me parece que debe estar cansado porque parpadea mucho: "Julia, nunca tuve un hijo o una hija pero, si los hubiera tenido, me habría gustado que fueran como tú".

Y entonces se inclina hacia mí y me da un beso en la cabeza.

Mete la figurita de Ramón en su bolsa.

No me muevo.

No consigo moverme.

Shawn Barr se da la vuelta y se aleja.

Todavía se está recuperando de su coxis fracturado, y eso hace que camine de forma graciosa. O tal vez sabe que lo estoy mirando y me quiere hacer reír.

Aunque también podría estar ensayando una forma particular de caminar.

Lo miro hasta que desaparece por la puerta de atrás del escenario.

Me doy la vuelta y veo a la señora Chang. Está bajo una luz grande, azulosa. Ya se quitó su disfraz, pero se dejó las alas emplumadas. Las levanta en el aire, que es uno de los movimientos que hacemos cuando estamos suspendidos por el arnés.

Tomo el cuaderno en una mano, y levanto los brazos en la misma posición que ella.

Aprendimos a volar juntas. Y Olive estaba con nosotros. La señora Chang ya sabía volar, pero este verano tuvo una nueva oportunidad de hacerlo.

Me alegra tanto que la señora Chang y yo vivamos en la misma ciudad.

En la misma calle.

Y me da tanto gusto que tenga patos. Me voy a esforzar por aprenderme sus nombres. Empezaré por anotarlos.

Abrazo contra mi pecho el cuaderno empastado en cuero. Sé que tomaré secretos de sus páginas para estudiarlos, y que me cambiarán la vida.

Crecí en este verano.

No por fuera, pero sí por dentro.

Y ésa es la única forma en la que verdaderamente importa crecer.

AGRADECIMIENTOS

Este libro no existiría si Mike Winchell no me hubiera pedido que escribiera un relato para una antología que estaba recopilando para la editorial Grosset & Dunlap. Así que empezaré dándole las gracias a Mike.

Tengo la buena suerte de contar con una editora brillante, que además está a cargo de la publicación de mis textos. Es posible escribir libros enteros con el único fin de lograr la aprobación de Lauri Hornik. Gracias, Lauri, por todo.

Toda la gente de Dial y la división de libros infantiles y juveniles de Penguin Random House, ha sido maravillosa, pero quiero agradecer especialmente a Don Weisberg (que ya no trabaja en el grupo pero jamás lo olvidaremos), a la magnífica Jen Haller Loja, y a Jocelyn Schmidt, Felicia Frazier, Jackie Engel, Mary McGrath, Cristi Navarro, Todd Jones, Ev Taylor, Mary Raymond, Allan Winebarger, Colleen Conway, Nicole White, Jill Bailey, Sheila Hennessey, John Dennany,

Biff Donovan, Doni Kay, Dawn Zahorik, Nicole Davies, Jill Nadeau, Steve Kent, Judy Samuels, Tina Deniker, Elyse Marshall Pfeiffer, Shanta Newlin, Emily Romero, Erin Berger, Carmela Iaria, Rachel Cone-Gorham, Christina Colangelo, Alexis Watts, Erin Toller, Eileen Kreit, Mina Chung, Theresa Evangelista, y Dana Chidiac. Y una mención especial a Regina Castillo.

Tengo a la mejor agente literaria del mundo, que es Amy Berkower. Y también tengo al mejor exagente del mundo, que ahora es editor en Viking, Ken Wright.

Me apoyo en muchos escritores amigos que me inspiran con su increíble trabajo: John Corey Whaley, Margaret Stohl, Rafi Simon, Melissa de la Cruz, Mike Johnston, Aaron Hartzler, Alexander London, Meg Wolitzer, Adam Silvera, Maria Semple, David Thomson, Lisa Yee, Tahereh Mafi, Ransom Riggs, Noah Woods, Gayle Forman, Evgenia Citkowitz, Charisse Harper, Lauri Keller, Maile Meloy, Laura McNeal, y Julie Berry, gracias a todos.

Mi vida cambió ese verano en que fui un munchkin en un montaje bajo la dirección de Don Fibiger, con Joe Medalis, Lucille Medalis, Jeremy Hart, Norman DeLue, y LeeAnn Bonham en los papeles protagónicos. Quiero agradecerles a todos ellos que hubieran animado y estimulado tanto a los niños.

Por último, mi mundo gira alrededor de mis dos hijos, Max y Calvin Sloan, y mi esposo, Gary Rosen. No hay mejor lugar que el hogar.

Esta obra se imprimió y encuadernó
en el mes de junio de 2018, en los talleres
de Impregráfica Digital, S.A. de C.V.,
Calle España 385, Col. San Nicolás Tolentino,
C.P. 09850, Iztapalapa, Ciudad de México.